Martin J. Gössl

opiparus

adj. <prächtig>

Roman

Bibliografische Information der Deutschen Nationalbibliothek:
Die Deutsche Nationalbibliothek verzeichnet diese Publikation in
der Deutschen Nationalbibliografie; detaillierte bibliografische
Daten sind im Internet über http://dnb.dnb.de abrufbar.

Lektorat: Silke Leibner (www.silbenschliff.de) Herstellung und
Verlag: BoD – Books on Demand, Norderstedt

ISBN: 978-3-7568-9806-0

Fugit irreparabile tempus.

1. Kapitel

Es gibt nur wenige Tage, an denen die pulsierende Weltstadt ohne Anstand und Verpflichtung den beheimateten Menschen ein klein wenig Ruhe zugesteht und die Straßen in einer erträglichen Stille zurücklässt. Der Mythos der nicht schlafenden, nicht ruhenden Metropole, die so wenig aufzuweisen hat und doch so vieles beheimatet, erfindet sich im Getöse des täglichen Aufwachens und Zubettgehens fortwährend, am Tag wie in der Nacht. Das Reizvolle beginnt und endet im Moment. Das scheinbar Reizlose bleibt greifbar und erhält einen Glanz, vielleicht auch, weil gerade dieser Ort mehr ein Zentrum darstellen dürfte als viele andere Plätze dieser Welt. Fernab politischer Zentren entfaltet die Stadt ihre Macht mit dem Gewicht der gelebten Tatsache. Kein amtierender Präsident residiert hier, aber durchaus Monarchen. Keine Parlamente geben hier kräfteraubenden Auseinandersetzungen Platz zur Diskussion, sehr wohl aber werden hier Weltentscheidungen in Plenarsitzungen getroffen. Nicht einmal die weltfinanzielle Entscheidungsgewalt wird dieser Schönheit zugestanden, trotzdem entscheidet sich hier täglich, wer verliert und wer gewinnt.

Die charmante Erfüllung unerwarteten Begehrens und die damit verbundene Nichtenttäuschung lockt vor allem jene Menschen, die diesen Ort und sein Metier erleben möchten. Gütig, in einen Faltenrock der 1920er Jahre gehüllt, ein Glas Champagner in der einen, ein Buch in der anderen Hand, thront die Grand Dame am oberen Rand der Tafel, welche die wichtigsten Städte zu verköstigen weiß. Hellwach, die Impulse der Zeit spürend, die gesamte Welt im Schoß tragend, lächelt sie milde, selbst bei jenen Themen, die Grausames in sich tragen. Nichts kann man ihr anhaben, niemand darf sie vereinnahmen und keiner soll Gnade erwarten. Wie eine gute Gastgeberin weiß sie zu unterhalten, doch ebenso leidenschaftlich Grenzen zu ziehen. Niemals ist sie fair, keinesfalls zuvorkommend und nur selten einer langjährigen Treue verbunden.

Das sich in den Gläserfronten spiegelnde Licht und die als Gegenangriff in Stellung gebrachten Reklamen ergeben eine atemberaubende Szenerie, gleichwohl damit der Exodus einer nächtlichen Dunkelheit zu betrauern ist. In das Gelb der Lichter und das reflektierende Blitzen der Lackspiegelungen mischen sich farbenfrohe Proklamationen, die ihre Wirkung, nämlich eine herausragende Ankündigung verschiedener Kaufoptionen ankündigen zu müssen, nur marginal zur Entfaltung bringen. Hinzu kommen allzu menschliche Auseinandersetzungen, permanent brummende Motorengeräusche und fortwährend summendes Luxusgetöse von kühlenden, heizenden, befeuchtenden oder entfeuchtenden Maschinen für das unverzichtbare Mikroklima in den Arbeits- und Wohnräumen.

Dort, wo ein wenig Glas die Aufgabe einer Barriere zugedacht worden ist, um das Mikroklima vor unerträglichen Temperaturen, Geräuschen und fluoreszierenden Einflüssen zu bewahren, übernehmen Menschen die belebende Wirkung. Stille und damit den drohenden Stillstand gilt es zu vermeiden. Sie sind Vorboten des Untergangs in die Bedeutungslosigkeit. Wegbegleiter in die Stagnation und in direkter Folge die eigentlichen Strafen einer Stadt, die nicht weiß, warum sie jener Sehnsuchtsort geworden ist, der sie nun einmal sein darf.

Wer geht, erlebt, wer steht, vergeht.

Unzählige Mobiltelefone schreien wie technisierte Monsterwesen, die im Falle maximal rücksichtsvoller Zurückhaltung, mit Maulkorb versehen, durch Brummen auf den Tischen auf sich aufmerksam machen. Die obligatorischen Laptops aller Couleurs beleuchten Dutzende Hände und Gesichter; sie verzerren den Menschen, bewerfen ihn mit Licht und erheben, ohne um Erlaubnis zu fragen, Anspruch auf das Äußere und die Aufmerksamkeit. Wer sich in dieser Welt befindet, weiß, sich darzustellen: Intime Gespräche, frisch aufkommende Probleme oder elementare Erlebnisse werden ohne Rücksicht auf die Integrität der eigenen oder gar Respekt gegenüber einer anderen Person mit beeindruckender Impertinenz geführt. Die Parallelität des Gleichen oder die Gleichzeitigkeit desselben führt direkt von den Sinnen in die eigene Wirklichkeit. Was ein Smartphone nicht darstellen kann, wird über statuserhebende Kabelverbindungen auditiv übermittelt.

Wer nicht spricht, ist still, wer nicht hört, bleibt stumm.

Selbst die Darstellung der eigenen Person, gerade wenn sie auf kreischende Unterstützung von außen verzichten muss, kann in der Haltung, ausladender Mimik und im In-sich-Ruhen für andere Raum ergreifen. Stille Lippenbewegungen zu den Lieblingssongs, lachende Gesichtszüge zum Gelesenen oder sinnierende Blicke mit symbolsicherer Schwere machen es möglich.

2. Kapitel

Jakob Einfinger weiß mit zielgerichteter Präzision sich kulturell schnappig, dennoch den Gegebenheiten angepasst, freundlich einen Caffè Latte unmissverständlich distanziert zu beschaffen. Entsprechende Höflichkeiten werden in dieser Stadt leise, nebenbei und der eigentlichen Aufforderung beifügend in schneller und nebensächlicher Weise vorgetragen. Der Wunsch kommt dabei einem Befehl gleich, der bei Nichterfüllung jeglich denkbares Szenario nach sich ziehen könnte.

In einem witzigen Café in der Waverly Street hofft Jakob Einfinger auf ein klein wenig Ruhe, um die Gefühle, vielleicht aber auch nur die innere Unruhe, abschütteln zu können. Nur selten schaffen es diese Stadt und ihre Menschen, sich in sein Gemüt einzunisten. Umso schwerer ist es dann jedoch, diese unliebsamen und fremden Regungen wieder loszuwerden. Ein paar Wollhandschuhe im Sommer als lächerliche Darstellung des eigenen Modeverständnisses, unerzogene Hunde von unfassbarer Hässlichkeit als Hausmittel gegen die emotionale Verwahrlosung im Alter und eine beißende Armut, die sich in Form von Entertainment auf der Straße tarnt, knabbern seit Tagen beständig an der so tiefsitzenden Gelassenheit dieses Mannes. Der ewige Tag und die Atemlosigkeit dieser Stadt wandeln sich in solchen Momenten von einem faltenlosen Kleid zu einer zerschlissenen Kluft.

Bereits beim Eintreten weiß der in morgendliche Stille zurückgezogene Jakob Einfinger um die Chancenlosigkeit seiner erhofften Heilung. Das Café, so wie viele Cafés der aktuellen Zeit, ist mit Stehtischen und Hockern zugepflastert, sodass lediglich ein Gang zum Bestellen für hereinströmende und hoffentlich schnell wieder verschwindende Kunden offensteht. Und ebenso selbstverständlich ist die optimale Nutzung des Raumes ad absurdum geführt, da der zugestandene Platz adäquates Sitzen unmöglich macht, weswegen das Heiligtum einer Wiener Kaffeehaustradition als Gesellschaftsort und Raum meditativer Vertiefung in die Presse und Literatur der Zeit konsequent eine Entweihung erfährt. In dieses Sakrilegs mischen sich in periodischen Intervallen die etwas verzweifelten Ausrufe eines jungen Mannes, der, händeringend die Kaffeemaschine bedienend, frisch fertiggestellte Heißgetränke an die richtige Personen zu bringen verpflichtet ist, dabei aber keineswegs seine eigentliche Berufung, nämlich zur Hintergrundmusik eine Oberstimme zum Besten gebend, vernachlässigen möchte.

Das Ambiente will Gemütlichkeit vermitteln, die Farben erzählen die Geschichte von Mutter Erde und ihrem selbstlosen Bemühen, den Kaffeebohnen das Gedeihen zu ermöglichen, damit sie nun, nach Begleichung eines atemberaubenden Geldbetrages, von jemandem in sich aufgesogen zu werden. Im Gegensatz zu den Bildern einer intakten Welt der Widersprüche, wo schönste Blüten über den Kadavern verendeter Tiere gedeihen, bleiben die inszenierten Gegensätzlichkeiten im künstlichen Gefüge des Kaffeehauses zerstritten: Weder die Menschen im Café noch die mitgebrachten Reste einer zivilisierten Welt scheinen mit dem Konzept harmonieren zu wollen.

Kaum hat man einen Platz im strengen Wettbewerbskampf für sich beansprucht und eingenommen, wird die einsetzende Eingewöhnung in das vorhandene Stimmungsbild durch quietschende Begrüßungszeremonien durchbrochen. Neben fehlender Authentizität ist es das maßlose Übertreiben von Emotionen, die der einfache Jakob Einfinger als besonders störend empfindet. Die Notwendigkeit von Höflichkeitsfloskeln im dankbaren Bewusstsein – sie haben doch schon so einige Abende gerettet – stehen eindeutig außer Zweifel. Doch müssen sie komödiantisch-strapazierend eingesetzt werden?

Jakob Einfinger, wenig überrascht, dennoch genervt, widmet sich wieder dem Kaffeegenuss und seiner Onlinezeitung aus Österreich. Dabei steigt in ihm das nostalgische Gefühl der Vergangenheit hoch, denn genau jetzt vermisst er das gedruckte Wort und die damit einhergehende Erinnerung an Graz. Er kann förmlich den Geruch seiner Geburtsstadt wahrnehmen, den Dialekt auf den Straßen hören und das Gefühl – nämlich Zeit haben zu dürfen – spüren. In solchen Momenten fällt es besonders schwer, modern zu sein. Vor allem dann, wenn er anscheinend der Einzige ist, der an Kopfschmerzen leidet, wenn Tage zu früh mit konzentrierten Blicken auf Bildschirmen beginnen. Niemand außer ihm verzwickt die Augenlider, um dem gleißenden Bildschirmleuchten Einhalt zu gebieten.

Der erste Schluck vom Caffè Latte stimmt den sinnierenden Jakob Einfinger versöhnlich. Trotz aller störenden Elemente im energiefressenden Mikroklima dieses nur scheinbar zum Verweilen einladenden Ortes der Gemütlichkeit, muss das Urteil fair bleiben: Der Kaffee ist gut und durchaus in einer Qualität, die sich nicht verstecken muss. Auch nicht vor einer Wiener Kaffeesiedertradition. Ein zweiter Schluck bestätigt das anfängliche Urteil, wobei diesmal viel bewusster der cremige Milchschaum langsam seine wohltuende und beruhigende Wirkung entfaltet. Mögen es die Wärme oder das Koffein sein, das Gemüt wird unmittelbar sanfter und gleichsam wacher.

Die Qualität des Kaffees ist das eine, das Ambiente das andere. „Der Service hingegen schon", denkt sich Jakob Einfinger mit verträumtem Blick auf die zurückgelassenen Pappbecher am Nachbartisch. „Wann wurde mir eigentlich das letzte Mal ein Kaffee in einer Keramikschale serviert? Direkt an den Tisch serviert? Hierhin, wo ich sitze, in einer echten Tasse?", grübelt der sich an die Vergangenheit schmiegende Jakob Einfinger im Bewusstsein, keine Antwort auf die Frage zu erhalten oder gar geben zu wollen. Ein plötzlicher Ruck unterbricht das eigene Mitleid. Ein junger Mann, offensichtlich der jüngste im Team des Coffee Shops, drängt sich verhalten, schüchtern und wahrscheinlich für seine Verhältnisse kämpferisch durch die Menge, um die mit braunen Rändern versehenen Cappuccino-Erinnerungen wenig würdevoll in einem Plastikeimer dem reinigenden Prozess der Entsorgung zuzuführen. Eine Träne, direkt unter dem linken Auge, als Tattoo für die Ewigkeit dem Gesicht hinzugefügt, lässt einen zweiten Blick auf diesen Mann mit asiatischem Hintergrund werfen. „Warum? Warum eine Träne, und warum so sichtbar im Antlitz eines Menschen? Was macht dieser junge Mann nur, wenn er in die Ungnade des erbarmungslosen New Yorks fällt? Wer mag dieses Zeichen seiner Identität akzeptieren und wertschätzen, ohne soziale oder gar pathologische Rückschlüsse zu ziehen?", sinniert Jakob Einfinger, nicht ohne dabei seinen väterlichen Gefühlen, nämlich die Sorge um eine gerechte Zukunft für diesen jungen Mann, Raum für fantasievolle Gedanken zu geben. Und binnen weniger Sekunden und ohne nur ein Wort mit dem Mann gewechselt zu haben, fühlt er sich nahe. Wohlig nahe in scheinbar verwandtschaftlicher Vertrautheit und bereit, ungefragt Ratschläge zu erteilen, zu bevormunden; er will doch nur das Beste. Erneut unterbricht ein äußerer Einfluss die Gedanken; eine kalte Morgenbrise hat sich durch die Undichte der Fensterfront in die Mitte des Raumes gewagt und dabei den Gästen einen Schauer über den Rücken gejagt. Ein Zeichen der Lebendigkeit, dem man sich im Umfeld von Asphalt, Beton und Gittern allzu gern ausliefert. Der Schauer berührt den modebewussten Jakob Einfinger nur marginal; Schichten exquisiter Baumwolle umschmiegen seinen Körper, geben ihm Halt, Sicherheit und Selbstvertrauen.

Die Faszination ist dem Gesicht des wahrscheinlich einzigen Österreichers vor Ort deutlich abzulesen; wahrscheinlich ist er auch der einzige, dem das Treiben eine Beachtung wert ist. Vier Angestellte sorgen für einwandfreien Kaffee, wobei fünf Tische und drei Barbretter sowie zwei Bänke mit je zwei Sitzplätzen im Freien das Territorium befüllen. Trotz des atemberaubenden

Verhältnisses zwischen Sesseln, Tischen, Bänken und Servicepersonal darf die direkte Bedienung am Platz als unzweckmäßig verstanden werden. Sie wird nicht einmal angedacht, auch nicht angedeutet. Der Bedientresen dient als Schranke für beinahe alle und markiert mit absoluter Klarheit, dass niemand – nahezu niemand – den angestammten Ort kreativer Brühkunst betreten darf oder zu verlassen in der Lage ist. Lediglich dem jungen Mann mit der schwarzen Träne im Gesicht werden als Trabant der kreativen Fokusgruppe Ausschweifungen für die Reinigung zugestanden.

Jakob Einfinger bleibt gerade in dieser Umwelt urbaner Trends ein Alien mit Tarnkappe. Die vielen Jahre fern eines Heimatbegriffs machen ihn zu einem Anderem, wo auch immer er steht, und doch zu einem assimilierten Teil des Ganzen. Dabei fühlt er sich nicht fremd. Hier, in diesem Manhattan, an jenem Ort, an dem ihm so viele Ecken und Kanten vertraut und freundlich erscheinen, aber dennoch vieles für ewig fremd und fern bleiben wird, hat er sich all die Jahrzehnte eine Faszination für die Menschen erhalten und doch eine Fähigkeit des Dazugehörens entwickelt. Trotz oder gerade wegen dieser Stadt.

Und so ist sich der Kaffeeliebhaber Jakob Einfinger sicher: New York erfindet sich permanent selbst und spart nicht mit Anleihen bei allen Teilen der Welt. Eine hohe Kaffeekultur war nur die logische Konsequenz der letzten Jahre, ihre Interpretation in Form solcher Cafés jedoch eine Kultur für sich. Weder ein Landtmann noch ein Starbucks. Weder Trash noch Chique. Weder Genuss noch Stress.

Eine junge Frau, die ihr leichtes Übergewicht zugunsten ihrer Oberweite zum Einsatz bringt, wodurch sie noch praller erscheint, setzt sich in dieser Sekunde und ohne Vorwarnung oder emphatisches Augenzwinkern an die Seite des ehrwürdigen Jakob Einfingers. Die Heftigkeit der Platzierung lässt nicht nur den Stuhl beinahe zerbersten, sondern auch die Bodenbretter erbeben. Die in Form gepressten weiblichen Rundungen offenbaren ihren wahren Ursprung. Und auch das wundert ihn nicht. Nicht mehr. Ganz offensichtlich hat der cremige Kaffee seine Wirkung vollends entfaltet.

Seine Zeit in der turbulenten Metropole dauert nun schon viel zu lange an; Jahrzehnte sind es und niemals war dies so geplant. Die vielen glücklichen Faktoren im Leben des Jakob Einfinger sorgten jedoch dafür, dass er weder Angst noch Unsicherheit erleben und somit dem Verstreichen von Zeit keine Beachtung schenken musste. Die österreichische Bundesregierung zeichnet sich durch großkoalitionäre Stabilität oder, je nach

Deutungsmuster, Stagnation aus, und seine damaligen politischen Verbindungen sind zwar leicht abgekühlt oder pensioniert, aber dennoch greifbar, wenn es die Situation erfordert. Stabilität hat doch ihre Vorteile, gerade für jene, die die Veränderungen meiden sollten und durchaus bei entsprechender Aufmerksamkeit durch Fremdbestimmtheit davon betroffen sein könnten. Genau das ist der Grund, so ist sich der politisch interessierte Jakob Einfinger sicher, warum viele Menschen, egal wo, Veränderungen nicht schätzen würden, und es nur wenige geben kann, die sie sich herbeiwünschen. Da Jakob Einfinger das einer Plakatreklame entsprungene Manageralter der Achtziger schon etwas hinter sich gelassen hat, weiß er, was ein Drängen von unten und ein Ziehen von oben für den sich nach harmonischer Ruhe sehnenden Menschen bedeuten kann. Dem geschuldet gibt es nur noch weniges, das ihn zu beeindrucken vermag, am wenigsten jedoch herausragende Positionen in Politik oder Wirtschaft. So wichtig sich jemand zu erklären vermag, so kompetent er sich auch zu vermarkten gewillt ist, alle leben in der wahnhaften Gier nach Wachstum und im verdammten Bedürfnis nach Aufmerksamkeit. Sie alle umspült die Vergesslichkeit, niemand kann ohne Netzwerk bestehen oder gar Bestand haben. Jeder braucht sein Gegenüber und jeder hat auch eines. Die Frage ist nur: Wie viele, wie gut und wie tragfähig ist das

Gegenüber? Zu glauben, ein Netz an sozialen Verbindungen verheimlichen zu können, um eine Wahrheit zu propagieren, die die eigene Kompetenz als etwas darstellt, das die Restlichen dieser Welt überstrahlen könne, ist ebenso lächerlich wie beeindruckend effektiv in der populären Argumentation. Denn nichts lässt sich schneller als ein Produkt von Netzwerken entlarven als eine vorzuweisende Karriereleiter. Und andererseits wird nichts so absolut gesehen wie eine Person mit beruflichem Erfolg, die alles anscheinend aus eigener Kraft geschaffen hat. Diese permanente und allgegenwärtige Täuschung des eigenen Schaffens funktioniert, weil sie von vielen als solches gesehen werden möchte. Die eigentliche Wahrheit, nämlich die Wahrhaftigkeit von Zufall, Netzwerken und Glück wäre in ihrer Essenz als Erklärungskonzept geradezu kommunistisch. Vielleicht ein Grund, warum der philosophierende Jakob Einfinger mit dieser Erklärung so gut sein Auskommen gefunden hat. Vielleicht ist es aber auch nur eine Erklärung, die seine eigene Bequemlichkeit erhabener wirken lässt. Sicherlich jedoch entspricht dies seinem elementaren Grundsatz, Anerkennungen nur jenen zu gewähren, die sie sich als Personen verdient haben.

Jakob Einfinger darf – in der besonnenen Klarheit über den Werdegang vieler – seit einigen

Jahre als Kulturattaché im Österreichischen Kulturforum in New York nicht nur seine Dienstpflichten erfüllen, sondern sich dabei auch im entsprechenden Maße und dem Alter und Status entsprechend wohlfühlen. Mit einem nicht hinterfragten Diplomatenpass ausgestattet und damit einen durchaus komfortablen Reisemodus genießend, ist der Umstand, sich keiner direkten Leitungsfunktion verpflichtet zu sehen, das eigentliche Fundament seiner Freiheit. Knapp unter dem Radar medialer Aufmerksamkeit fliegend und dabei dem Bundesrechnungshof der Republik Österreich nur als Beamter ohne Verantwortung auskunftspflichtig ist die Verteilung der Funktionen nach dem bestehenden großkoalitionären Ist-Zustand die Chance, Wichtigkeit nicht mit administrativer Enge zu verwechseln. Ein Fehler, dem allzu gern viele jüngere Beamte in der Wahrnehmung ihrer Stellung und Aufgaben unterliegen. Die wahren Vorgesetzten sitzen in Wien und befinden sich dort – wenig überraschend – in den entsprechenden Parteigremien der Sozialistischen Partei, oder, wie man heute angehalten ist zu sagen, der Sozialdemokratischen Partei. Dem Ring entrückt war dem Beamten Jakob Einfinger zeitlebens die Adresse und Telefonnummer eines Gebäudes in der Löwelstraße bekannter als so manche Abteilung im Kulturministerium. Seine regionalen Freiheiten in

Manhattan könnten dieser Realität geschuldet nicht größer sein. Doch Freiheiten sind wertlos, wenn sie nicht bewertet werden. Ebenso zufrieden ist Jakob Einfinger mit den monetären Entschädigungen. Dienstrechtliche Kleinigkeiten wie Arbeitszeiten oder Urlaubsanträge, aber auch Reisekosten und entsprechende Vorsorge für die Zukunft sind nicht nur optimal geregelt, sondern im Gegensatz zu vielen prekären Lebenssituationen von New Yorkerinnen und New Yorkern keine einzige sorgenvolle Minute wert. Seine Abhängigkeiten nach Wien verzwirnen sich in subtiler Form, wobei auch hier die Entspannung durch Kontakte das Gemüt Jakob Einfingers geprägt haben. Wer nichts werden, sondern nur nichts verlieren will, hat aktuell im zyklischen Spiel der Politik die besten Karten in der Hand. Niemand verbreitet mehr Angst als jene, die Wünsche hegen und auch bereit sind, sie zu verfolgen. Jakob Einfinger ist ein exzellenter Netzwerker, er umschmeichelt als charismatischer Auslandsmitarbeiter im besten Alter politische wie unpolitische Persönlichkeiten durch den eloquenten Einsatz seines Erfahrungswissen und durch konzilianten Humor im kleinen wie großen Rahmen, die, von wem auch immer, als wichtig und beachtenswert kategorisiert wurden. Schon etwas ergraut und nahezu immer älter als die heimische Diplomatie und Ministerriege kann die amüsante Figur, die er sich über Jahre zurechtgerichtet hat, besonders leichtfüßig und authentisch den Ball des Kultursports über das internationale Weltnetz spielen. Eine Rolle, die er sich auf den Leib geschneidert hat, immer mit dem Bestreben, ein gutes im schlechten Leben führen zu dürfen.

Die Morgennachrichten aus Österreich sind nicht nur bereits einige Stunden alt – zumindest so nach Wiener Zeitrechnung – sondern gleichsam wohlbekannt und erfreulich. Alles bleibt, wie es ist, auch wenn die Unzufriedenheit mit dem Kabinett sowohl die Medien als auch die Oppositionsparteien beschäftigt. Das medial-politische Unwohlsein, das sich im Gemüt des Sozialisten Jakob Einfinger als reine Zufriedenheit widerspiegelt, wird flauer. Eigentlich stimmt es gar nicht; eigentlich spürt Jakob Einfinger keine Regung mehr, wenn die täglichen Nachrichten eintreffen, obgleich er das Lesen stets genossen hat. In der Tat rufen die Schlagzeilen aus seiner Heimat nur mehr marginales Interesse in ihm hervor, die er lediglich aus einem alten Pathos von Pflichtbewusstsein für die österreichische Innenpolitik verfolgt. Mit diesem Pflichtbewusstsein ausgestattet, liest er viele der innenpolitischen Artikel in handhabbarer Schnelligkeit, um eine der wenigen lästigen Pflichten, die er sich selbst auferlegt hat, abzuschütteln. Seine Augen sind dabei nur auf Schlagworte gerichtet, die eine Umwälzung des Systems andeuten könnten oder durch eine treffende

Bezeichnung biografisches Interesse hervorrufen. Beides erklärt sich Jakob Einfinger mit profanem modernem Überlebensinstinkt und banaler kindlicher Neugier.

Der Kaffee neigt sich dem Ende zu und die kalte Kaffee-Milch-Mischung hat ihren geschmacklichen Reiz verloren. Der Duft der verbrühten Bohnen ist einwandfrei, allein der Milchgeruch schreckt ab. Erkaltete Milch stinkt. Das tat sie schon immer. Mit dieser Überzeugung ist für Jakob Einfinger der Augenblick gekommen, aus der morgendlichen Einbegleitung aus Licht und Lärm den Sprung in die offene Welt New Yorks zu wagen. Es ist Zeit aufzubrechen und das kleine Chaos des geschlossenen Raumes gegen das große Ganze einzutauschen. Der Morgen wird dabei Vergangenheit und geht längst in den Vormittag über.

3. Kapitel

Das Typische an einer Metropole wie New York ist wohl die permanente Neuerfindung ihrer selbst. Erneuerung bedeutet Veränderung und Bewegung, wobei am Ende gerade in all dem die kleine Hoffnung verborgen liegt, ein wenig Wohlstand für jeden Einzelnen finden zu dürfen.

Jakob Einfinger ist kein typischer New Yorker, ebenso wenig würde er als typischer Wiener durchgehen. Auch wenn viele der Annahme sind, er wäre einer der beiden Idealtypen, muss er doch immer wieder abwinken oder Enttäuschung erwirken, sobald ein Klischee nicht wird und nicht bedient werden will. Vielleicht ist es die zur Schau getragene Selbstverständlichkeit, schon seit seiner Studienzeit entsprechende heimatliche Ministerinnen und Minister bei ihren Vornamen zu nennen, ganz so, als konferierte er regelmäßig und herzlich mit den politischen Größen der Zeit. Möglicherweise ergibt sich aus den geografischen Ungenauigkeiten – Wien, Graz oder New York und die Welt – ein interpretatives Vakuum. Eventuell ist es aber auch der fehlende Akzent oder Dialekt, der so oft Menschen der gehobenen Einkommensschicht urbaner Zentren als Differenzkategorie notwendige Hilfe bietet, um Neuaufstieg, altes Geld und Herkunft abzuleiten. Welche Kategorien auch immer zur Anwendung gekommen sind oder nicht: Sowohl das Spiel mit Namen als auch die Verweigerung prononcierender Attitüden sind bewusste Entscheidungen in den jungen Jahren des Studenten und heutigen Attachés. Nur allzu früh waren Jakob Einfinger die Mechanismen im Spiel um Repräsentation und Macht vertraut. Und ebenso früh hatte er sich dazu entschieden, diese Mechanismen für seine Ziele zu nutzen.

Schon in der Kindheit, behütet von seinen Eltern und schützend flankiert durch die Schar der Großeltern, wurde die politische – vornehmlich sozialistische – Erziehung ein Grundpfeiler des vorgegebenen Denkens. Der häusliche Meinungskanon orientierte sich dabei vor allem an den Positionen des jeweiligen Parteivorsitzenden, wobei der glückliche Zustand, gleichsam ein tiefsitzendes Misstrauen gegenüber allen Gewerbetreibenden, Industriellen und Bauern zu hegen, dauerhaft unterstützend wirkte. Ebenso der Arbeiterbewegung folgend wurde die übergebührliche Aussprache österreichischer Dialekte oder gar der modische Einsatz von Tracht abgelehnt und der Würde des Arbeiterhemds unterworfen. Jede brachliegende Grünfläche wurde im Vorbeifahren als die uns doch allen bekannte Schieflage im nationalen landwirtschaftlichen Fördersystem angeprangert. Jeder Mercedes eines Unternehmers war das unerträgliche Symbol der zur

Schau gestellten kapitalistischen Dekadenz. Dass dabei der eigene Großvater leidenschaftlich obsessiv seinen weißen Mercedes nahezu wöchentlich beim Unterstand des Feuerwehrverbandes wusch, imprägnierte und putzte, stand auf einem anderen Blatt; nämlich auf dem roten Blatt der sorgfaltstreuen Arbeiterschaft. Dass jegliche Wiese dankbar als Auslauf für den Hund intensiv genutzt wurde, ohne dabei an die lästigen Überreste tierischer Notwendigkeit zu denken, wurde in den Baumschatten der Aufmerksamkeit gedrängt. Weitreichende Inkonsequenzen weltanschaulicher Couleur waren und sind notwendige Hilfskonstruktionen, um dem roten Glanzlicht eine größtmögliche Schaubühne zu gewähren. Die einzig gültige Regel dabei: Was der Arbeiter besitzt, hat er rechtschaffen erworben, im Schweiße seines Angesichts erarbeitet. Dabei galten als Arbeiter jene, die entweder das Parteibuch besaßen oder aufgrund ihrer Arbeitstätigkeit selbst in den Wirtschaftswunderjahren keinen Aufstieg erfahren konnten.

In dieser klaren Weltperspektive wuchs nun Jakob Einfinger gemeinsam mit seiner Schwester auf. Die Entbehrungen der Jugendjahre waren – auch wenn heutige Geschichtsbücher solche zu berichten wissen – nur gering, der Karrierepfad seiner Familienmitglieder war stetig nach oben gehend und beeindruckend schnell voranschreitend. So gehörten neben Geburtstagen und anderen obligatorischen Zusammenkünften ebenso Feierlichkeiten zu beruflichen Karriereschritten zum liebgewonnenen Programm des Jahreskreislaufes. Es waren die goldenen Zeiten der sechziger und siebziger Jahre, in denen Arbeit und Einkünfte ausreichend vorhanden waren. Zuerst wurde das Rad der Wirtschaft angekurbelt, dann das Rad der politischen Umwälzung. Es folgte die Etablierung einer Ära, die – wie vielen damals nicht ganz bewusst war – später eine Welt verändern sollte. Viele Menschen der damaligen Zeit profitierten entweder von der einen oder von der andern – manche sogar von beiden – Veränderungen. Das wirtschaftliche Wachstum sowie die politische Neuprofilierung konnten im Duett zu einem spürbaren Impuls des eigenen Lebens werden. Die beinahe bäuerlich anmutende Großfamilie Einfinger profitierte von beiden Bereichen. Zuerst in der staatsnahen Industrie, später im politischen Alltag der Kreisky-Regentschaft.

Der mit seinen Gedanken zufriedene Flaneur Jakob Einfinger beschreitet seinen Broadway mit heiterer Laune. Wie so oft fühlt er sich beim Anblick der Gebäude, der Menschen und vor allem der täglichen Szenerie wohl. Der sonnige Herbsttag schmeichelt der vielschichtigen Stadt im gleichen

Maße wie sein Tweedsakko ihm selbst: Elegante, verwobene Muster ver- und bedecken das Innere in momentaner Heiterkeit. Der milde sonnige Augenblick ohne Durst, Hunger oder Leid. Dieser Moment kann nur durch einen klassischen Stil von zeitloser Form gewürdigt werden. Und diese Würdigung ist ihm heute ganz sicher gelungen. Ein weißes Hemd kündigt die tiefblaue Strickkrawatte an, die wiederum linear in einer gelben Weste mündet, um dort – mit einer entsprechenden Woge der Eitelkeit – adrett zu entschwinden. Das Tweed ist in einem helleren Braunton gehalten, weswegen die größtenteils verdeckte Weste und das Sakko sich gegenseitig stützen, beinahe schmeicheln. Nichts lässt Druckstellen erkennen, die inszenierten Falten fließen den Körper entlang und geben dem sich bewegenden Menschen eine agile Gestalt. Die dunkelblaue Hose und die braunen Schuhe runden die Gesamterscheinung ab. Lediglich die blau-gelb gestreiften Socken, die an bereits entdeckte Farben – sockelartig als Reminiszenz an die schon in den Höhen hervorgebrachte Farbharmonie – erinnern, verraten, dass die Person unter dem Zwirn durchaus modern denken könnte. Doch wer schenkt heute noch dem Sockel oder gar den Socken Beachtung?

Die in tägliche Verwendung gelangte Kleidung war und ist dem Mann von Welt, und als solcher muss sich doch jeder bezeichnen dürfen, der in dieser Stadt zu leben in der Lage ist, ein Anliegen. Niemand sollte sich ärmer machen, als er ist, außer Armsein ist eine milieuspezifische Tugend. Jeder sollte sich zumindest über den ersten Eindruck hinaus den größtmöglichen Anteil an Chancen offenhalten, will er im viel zu engen Aquarium großstädtischer Buntheit gesehen werden. Mode, und hier ist kein Zweifel angebracht, ist ein solches Werkzeug der eigenen Möglichkeiten. Polo statt T-Shirt und Weste statt Pullover. So einfach scheint es zu gelingen, ist sich Jakob Einfinger sicher; und auch hier ist für ihn kein Zweifel angebracht. Kleidung hat nichts mit viel Geld zu tun und Geld nichts mit guter Kleidung.

„Wie narzisstisch", maßregelt sich Jakob Einfinger selbst. Doch die Spiegelung in einer Fensterscheibe, die hinter dem Glas die jugendlichen Trends von Morgen zu rahmen verpflichtet ist, hat ihm erneut vor Augen geführt: Heute sieht er nicht nur gut aus, sondern fabelhaft; es sitzt alles perfekt. Etwas Narzissmus darf sein, vor allem, wenn er auf so einer soliden Basis ruhen darf. Selbst die Hose schmeichelt den Beinen – überraschend. Sogar seinen Beinen. Durch das unliebsame Familienerbe, nämlich unkaschierbar dünne Beine, war die Suche nach den richtigen Hosen eine Lebensaufgabe geworden, die ihm jedoch mit zunehmendem Alter besser zu bewältigen gelingt. Denn an so manchen

Tagen, nämlich jenen der unwillkürlichen Unpässlichkeit, kann selbst der bewährteste Schnitt nichts dazu beitragen, um in ausreichender Weise ein ersehntes Wohlgefühl zu entfalten, um mit Stolz und Vorurteil die eigenen vier Wände zu verlassen. „Doch wo Licht, da auch Schatten", weiß sich der nur selten selbstkritische Flaneur Jakob Einfinger zu beruhigen. Glücklicherweise besteht sowohl das genetische als auch das soziale Erbe aus vielen Gütern und erlaubt somit, keine Beschwerden zu äußern. Eine robuste innere Konstitution ist jener andere Teil der Erbmasse, der er sich nicht hätte entziehen wollen. Mit einem gereift-jüdischen Humor weiß Jakob Einfinger den Witz über seine eigene Person und den offensichtlichen körperlichen Ungnädigkeit einzusetzen und somit spielerisch jene Facetten zu belächeln, die ihm in der Jugend Tarnstrategien abverlangten. Denn die Sorgen, einem Schönheitsideal nicht nachkommen zu können, sind schon seit langem in weite Ferne gerückt. Jakob Einfinger fühlt sich wohl – mit Humor und Charme begnadet und stets in der Lage, sich ausreichend vor Boshaftigkeiten und unabsichtlichen Sticheleien zu schützen –, um lamentierend, flankierend oder attackierend seine Präsenz zu konstatieren. Und nun, im gereiften Alter, scheint sogar mehr als nur das möglich zu sein: Seine innere Ausstrahlung erzeugt die Aura einer ernst gemeinten Zufriedenheit über seine tatsächliche äußere Erscheinung, wodurch sogar Dritte in der Lage sind, der leibhaftigen Präsenz entsprechende Aufmerksamkeit zu schenken. Eine wahre Leistung, wenn doch die eigene Aufmerksamkeit ausschließlich dem idealisierten Schönen Gefolgschaft geschworen hat. Neben Perfektion, Abartigkeit und Wahnsinn seinen Platz zu finden, darf zu Recht als Leistung anerkannt werden. Dabei weiß der Gast und doch fixe Bestandteil des New Yorker Lebens Jakob Einfinger in der engen Schneise tatsächlicher Entfaltungsmöglichkeiten äußerst gut um seine Wirkung, Interesse durch seine Erscheinung und nicht durch die Optik, dem Schrägen oder gar Abstoßenden, erzielen zu können. Manche nennen es Charisma, andere Aura. Egal was es nun auch sein mag, so viele Menschen betreten einen Raum und kaum einer schenkt ihnen Beachtung. Andere verlassen ihn und keiner merkt es. Beides soll und darf dem Narzissten Jakob Einfinger niemals passieren.

Viele Eigenschaften umschmeicheln den bereits als alt zu klassifizierenden Jakob Einfinger, manche von ihnen nahm er zeitlebens gern dankend an. Er galt jedoch nie als schön. In seiner Jugend vermied er Sport tunlichst und konnte so der im Wachstum antiproportional gewordenen Figur nur wenig Ausgleichendes entgegensetzen. Auch in seiner

Studienzeit und ebenso danach waren viele Interessen fernab körperlicher Ertüchtigung wichtiger und so blieben seine Beine immer zu dünn, der Bauchumfang immer zu üppig und seine Schultern immer zu fragil. Was als Kind niedlich wirkte, wurde in den Jugendjahren ein Segen für die soziale Entwicklung und im frühen Mannesalter der ansehnliche Beweis scheinbarer Intellektualität; ein Handwerker konnte er ganz offensichtlich nicht sein.

Vielleicht war es gerade seine körperliche Erscheinung, die es Jakob Einfinger erlaubte, fernab seiner physiognomischen Gegebenheiten eine andere Form der Eitelkeit für sich zu beanspruchen. Mehr noch: Er beanspruchte das Recht, aus sich als Person etwas machen zu wollen, und darüber hinaus auf das Entstandene mit Stolz zu verweisen. Der eigenen Erscheinung mag es an natürlichen Idealen fehlen, doch dies darf noch lange keine Entschuldigung sein, bunte Formen einnehmende Facetten zu entwickeln. Dies galt damals, dies gilt ebenso heute.

Je geringer der Abstand des Attachés Jakob Einfingers zum Kulturforum wird – obwohl die noch zu bewältigende Distanz durchaus beachtlich erscheint –, desto gewohnter wird die permanente Lautstärke. Auch das künstliche Licht kann den Sonnenstrahlen nichts entgegnen und so scheinen viele morgendliche Ärgernisse schon gar nicht mehr wahr zu sein. Lediglich die aufflammenden Signalgeräusche von Einsatzfahrzeugen, die sowohl grundlos als auch übertrieben ihr hilfloses Bemühung schrill schreiend zum Ausdruck bringen – nämlich den Verkehr doch irgendwie durchkreuzen zu müssen – erhalten ein Mindestmaß an genervter Aufmerksamkeit. So wenig wie sich dem Straßenverkehr angehörende Automobile eine Schneise bilden, um dem medizinischen Notfall eine Möglichkeit des Fortkommens zu bieten, so wenig Interesse ist bei den vorüberschreitenden Passanten zu spüren. Weder die Signale noch das Bewusstsein, dass in dem Krankenwagen ein Mensch eventuell um sein Leben kämpfen muss, irritiert den Trott morgendlicher Routinen.

Sein Blick schweift ab; innerlich. Das Schöne an einer Stadt und vielleicht sogar das Schöne an sich offenbart doch immer etwas Unbekanntes; da ist sich Jakob Einfinger sicher. Vor nicht allzu langer Zeit, bereits im gesetzten Alter, hat er sie für sich entdecken dürfen: die unbekannte Schönheit seines Lebens. Es war ein Moment, der ihn damals das ringsum Lebendige für wenige Sekunden in sich aufsaugen ließ. Nichts war jemals vergleichbar intensiv oder gar in Ansätzen für Dritte unverständlicher. Es war ein Moment der absoluten Unbekanntheit, des Unwissens, der Planlosigkeit. Es war eine Befreiung, eine Situation von Angst und

Freude, ein Sein und Werden. Noch heute bebt Jakob Einfingers Körper – wenn er sich zu erinnern beginnt –, wissend, dass niemals und niemand dies nachvollziehen kann. Nüchtern betrachtet war die Situation ein typisch österreichisches Dankeschön, eine logische Konsequenz, mit der ein gut etablierter und würdig vernetzter Beamter rechnen durfte. Jahrzehnte in den Dienst des strengen diplomatischen Bürokratieapparats der Vereinten Nationen in New York gezwängt blieb ihm zwar genügend Raum, um musisch oder gar wienerisch über die Welt, New York und sich selbst nachdenken zu können, doch verhinderten die politischen Angelegenheiten der interkontinentalen Weiten in diesem Marmorpalast der ausufernden Diskussionen und Unterverhandlungen eine konventionsfreie Entfaltung des Eigenen. Dabei war gerade der der Republik Österreich verpflichtete Beamte Jakob Einfinger weitaus freier in seiner Tagesgestaltung, als viele seiner heutigen Erfahrungen dies bestätigen würden. In der Tat war es die Strenge einer diplomatischen Alltagswelt, die, auch wenn nur ab und an dieser Bürde ausgesetzt, mit der eigenen Gestaltungskraft mehr anrichtete, als viele sich vorstellen konnten. Tief in der Hoffnungslosigkeit gefangen und beinahe jeden Glauben verloren habend, jemals die in Höhen gewachsenen Untiefen der Diplomatie verlassen zu dürfen, war es gerade der Moment einer unerwarteten Unbekannten, dem all sein gegenwärtiges Glück zu verdanken ist: Seine Dienstzuteilung an das Kulturforum geschah plötzlich, ohne Vorwarnung und ohne Vorwissen.

Der dem eigenen Netzwerk geschuldete Moment unbekannter Schönheit wurde durch einen alten Bekannten, dem guten Michael, ermöglicht, der selbst damit seine Freude zu teilen wusste. Als Minister berufen erinnerte er sich, seinem alten Freund und Wegbegleiter ein noch besseres Leben zu gönnen. Zwar war der neue Minister den Gesetzen entsprechend für vieles, nur kaum für die Kulturangelegenheiten der Republik zuständig, doch die diffizile Alltagswelt einer Koalition kennt eben auch den Modus vivendi einer Notwendigkeit der Kontrolle der sogenannten Schattenkompetenzen. Genau der Schatten der Macht ebnete dem glücklichen Jakob Einfinger den Weg in die Eitelkeit. Es war ihm stets ein Leichtes, bei Wienbesuchen mit dem entsprechenden Termin bei Kaffee und Kuchen alte Zeiten, notwendige Reformen und weiterführende Karrierewünsche zu deponieren; doch erwartet hat man sich, wenn man bereits gut versorgt war – nichts. Als Sprössling einer sozialistischen Familie mit Einfluss und Positionen, spielt sich die Klaviatur um Zukunftschancen wie von selbst: Immer nur andeuten, niemals zu viel wollen, vollkommen intime Solidarität bekunden und am Ende mit einem Witz das Gespräch rechtzeitig beenden. Schließlich müssen auch noch andere Genossinnen und Genossen empfangen werden.

Und so kam Jakob Einfinger vor fünf Jahren zu jener Position, von der aus die ruhige und ebenso sichere und ohne Abschläge zu verkraftende Steuerrichtung eingeschlagen werden konnte, um letztlich den Weg in den Ruhestand zu beschreiten. Endlich weg von einer überbordenden Bürokratie der Vereinten Nationen hin zu einem kleinen Kreis an Kolleginnen und Kollegen, deren parteipolitische Ausrichtungen so klar erkennbar waren wie Straßenzüge in Midtown Manhattan aus der Vogelperspektive.

Natürlich bestellte man Jakob Einfinger nicht zum Leiter, sondern wies ihm ein arbeitsrechtliches Luxusappartment in zweiter Reihe zu. Ähnlich einem Kreuzfahrtschiff fehlte in der zweiten Klasse zwar meist der Balkon, aber ein Fenster garantiert oftmals eine wunderbare Aussicht. So auch beim Kulturforum. Die offiziellen Termine waren nach Grad der Wichtigkeit und der erwarteten Personen gestaffelt, wobei seine Anwesenheit bei Politikern nur dann von Nöten war, wenn die Parteipflicht dazu aufrief. Da aber ein Sozialist in der aktuellen Zeit eher weniger durch internationale Reisen auffällt als vielmehr durch die immerwährende Frage „Wie können Reiche ärmer und Arme reicher gemacht werden?" bleiben auch diese Aufgaben beschaulich. Genauso hat er sich das immer vorgestellt. Und eigentlich findet er seine Erwartungen mehr als übertroffen vor. Denn die Besoldungsunterschiede zwischen ihm und seiner formalen Leiterin werden periodisch lediglich durch einen zweistelligen Eurobetrag dokumentiert. Die Gnade der frühen Geburt beschenkt reichhaltig; dies wissen alle im Staatsdienst. Ebenso ist vielen, gerade im dienstrechtlichen Kernland, das Kulturforum kein Begriff, weswegen sich die öffentliche Aufmerksamkeit hinsichtlich der immer wiederkehrenden Frage, wieso denn eigentlich wer, wofür und wodurch Vergütungen und Zulagen bezieht, bisweilen nicht ergab. Und dies wird sich jeglicher Voraussicht nach auch so bald nicht ändern, sind doch er – und im geheimen Bunde mit der Vorgesetzten vereint – streng bemüht, Sichtbarkeit für die Sache in der New Yorker Community zu belassen. Wie so oft ist diese stillschweigende Übereinkunft zwischen den beiden parteipolitischen Statthaltern weder verhandelt noch explizit besprochen. Sie besteht einfach und ist ebenso klar wie die Hintergründe, warum wer auf welchem Sessel gelandet ist. Die Essenz ist dabei einer arrangierten Ehe von Reichtum, die auf Vernunft basiert und auf einer inneren Legitimation in der äußerlichen Darstellung der absoluten Notwendigkeit des Anderen fußt, nicht unähnlich. Und so wäre schon die Frage, ob der Staatsdiener

Jakob Einfinger seine Vorgesetzten schätzt oder gar für qualifiziert erachtet, ein Affront. Man ist in ruhigen und koalitionären Zeiten miteinander verbunden, bis dass die Wahl sie beunruhigen werde. Jakob Einfinger war sich immer wieder unsicher in der Einschätzung gewesen, vor allem in seiner Kindheit und Jugend, nicht jedoch bei der Betrachtung seiner formalen Vorgesetzten dieser Tage, da ist er sich sicher und vertraut seinen gereiften Instinkten. Mehr als das, schließlich steht ein System großer Einigkeit für die Konstante sozialer und politischer Normen; mit interkontinentaler Reichweite.

Jakob Einfinger bleibt stehen. Ein Kind in einem grünen Dinosaurierkostüm entschwindet seiner telefonierenden Mutter. Wie gebannt hält der Junge inne und schaut auf den Boden. Alles andere scheint nun unwichtig, auch die Unterbrechung des Arbeitsweges eines ranghohen Beamten. Jakob Einfinger wartet und guckt. Ein Lächeln umspielt seine Lippen, die Hand will bereits den Jungen aus dem Tagtraum entreißen, da greift die Mutter zielgerichtet und ohne große Aufmerksamkeit für das Kind, dazwischen. Es scheint, als ob sie weder das Umfeld noch ihn als Menschen wahrgenommen hätte. Einzig der Instinkt als Mutter befahl ihr – modernen Ablenkungen zum Trotz –, nach ihrem Nachwuchs zu greifen. Weder unmittelbare Gefahr noch eine abrupte Verhaltensänderung des Kindes hätten diese Reaktion hervorgerufen, einzig und allein das innere Gefühl der Mutter setzt dem kindlichen Staunen ein Ende.

Das Verlieren in Tagträumen ist ein Geschenk an gute Seelen; an jene die dem scheinbar Wichtigen keine Bedeutung beimessen oder zumindest in der Lage sind, für wenige Augenblicke in eine situative Bedeutungslosigkeit zu entschwinden. Und das Unterfangen ist lohnend, denn die Abenteuer verstecken sich nicht einmal. Sie sind immer nur wenige Zentimeter entfernt. „Schade", denkt sich der Flaneur Jakob Einfinger; ihm sind Tagträume immer eine willkommene Ablenkung. Nichts konnte ihn bei schier unendlich andauernden Sitzungen mehr Freude bereiten als elegante Träumereien über die Welt, den Menschen und sich selbst. Schade nur, dass sie im Alltag nicht so zu klappen scheinen, ohne den realitätsbezogenen Preis der Langeweile.

Unverhofft und plötzlich kehren alte Erinnerung ins Gedächtnis Jakob Einfingers zurück. Nichts von der Eloquenz und Selbstsicherheit, die sich doch so selbstverständlich in seiner Familie wiedergefunden haben, scheinen an ihn weitergereicht worden zu sein. Ganz im Gegenteil: Jegliche Bemühungen, den kleinen Jungen Jakob Einfinger an einen höheren Grad von

Aufmerksamkeit zu gewöhnen, musste teuer mit Spielzeugwaren bezahlt und intensiv durch gutes Zureden erwirkt werden. Viel lieber als die gesellschaftliche Bühne der Macht, interessierten ihn seine Tagträume. Die Abenteuer seiner Kindheit wollten nie enden und waren von bunter Vielfalt. Er konnte Zauberer sein, Nomade, Zigeuner oder Mönch. Alles war ihm möglich und in den Momenten einfach nur wahrhaftig. Sein gesamtes Umfeld, Menschen und Häuser, Tiere und Bäume, Musik und Bilder wurden problemlos der leidenschaftlichen Fantasie unterworfen. Sein reichhaltiges Kinderzimmer wurde nur mit der bloßen Kraft der Einbildung eine karge Klosterzelle oder ein von Eseln gezogener Planwagen. Andere Kinder störten in dieser Kreativität zumeist, weswegen der soziale Kontakt für das persönliche Glück nicht übertrieben notwendig gewesen war; denn vor allem die unbeobachteten Momente gaben den wahren Schatz der Imagination frei.

Leider hat der heute nur wenig träumende Jakob Einfinger so gut wie keine Erinnerungen daran, was durchaus als seine Kindheit beschrieben werden konnte. Lediglich das Gefühl, plötzlich mit den Gedanken auf Reisen gegangen zu sein und dabei jegliches Maß für Zeit verloren zu haben, konnten über Jahrzehnte konserviert bleiben. Ähnlich kleiner Maiskörner aus einer

Lebensmitteldose fallen die Erinnerungen – bei ihrem ab und an schwerfälligen Öffnen – teils klebend, teils freiliegend dem Genießer in die Hände. Das Körnchen kann dabei nur Fragmente, ab und an sogar ganze Sequenzen einer Kindheitserinnerung umfassen, doch nur mehr selten scheinen sich die Maiskörner voneinander und von zuvor gesehenen zu unterscheiden.

Viel zu schnell müssen Kinder, um erwachsen zu werden, dieses Leben aufgeben und damit denen gleichtun, die doch wegen so vieler Unzulänglichkeiten unglücklich erwachsen geworden sind. Aus dem lebendigen Surrealen wird so der oftmals leblose Alltag. Gnadenlos wird die Welt der Fantasie der Realität geopfert, die Konditionierung als funktionierendes Mitglied der Gesellschaft vorangetrieben, um am Ende genügend Kontrolle über sich selbst zu besitzen, um Leistungen zu erbringen, ohne die Effizienz der Kreativität zu opfern. „Grausam, und doch notwendig", beschwichtigt sich Jakob Einfinger unsicher. „Wahrscheinlich notwendig, aber ob immer richtig?" Und plötzlich sind sie im Raum – sogar ausgesprochen –, die Zweifel am Gedachten und Erlebten.

Den Tagträumen entrissen begann die stürmische Jugendzeit, ohne einen Übergang oder gar Schönheit gehabt zu haben. Vor allem gruppendynamische Prozesse stellten etwas Forderndes dar und die eigene adäquate Aufmerksamkeit für mehr als zwei Menschen eine Herausforderung in der vorpubertären Lebensphase. Die fehlende Sozialisation in Gemeinschaftsgruppen wie denen im Fußball konnte aber schnell überwunden werden. Die permanente Auslieferung der eigenen Person an unbekannte Situationen führte bei Jakob Einfinger schnell zu der inneren emotionalen Klarheit, was nun als brav, lustig oder gar übertrieben und positionsmindernd von anderen wahrgenommen wurde. Er testete Aktionen und Reaktionen in seinem Umfeld, nicht ohne dabei zu Beginn elementare und später feingliedrige Unterschiede in seiner Umgebung wahrzunehmen. Manches gefiel den Lehrern, anderes seinen Mitschülerinnen. Ab und an gelang es sogar nur durch minimale Veränderungen ein und derselben Tatsache, entgegengesetzte Gruppen für sich zu gewinnen. Plötzlich erkannte er, dass ein Leben als Mönch, Zauberer oder Zigeuner möglich wäre, wenn man das Umfeld nur davon überzeugte. Mit dieser Klarheit machte sich der eifrige Träumer Jakob Einfinger ans Werk: Das Ziel seines Vorhabens wurde akribisch in der inneren Klosterzelle erdacht, Gespräche zu Zauberformeln gewandelt und die Unterhaltung der fremdländischen Folklore eines Zigeuners angepasst. Spielerisch und überlegt konnten somit die Bedürfnisse anderer zur

Erfahrung werden, soziale Begegnungen konstruktiv gestalten zu können, und schließlich die Wahrnehmung der eigenen Person zu dem werden, was gewollt war. Am Ende der achtjährigen Gymnasiumszeit durfte der heranwachsende Schüler Jakob Einfinger ein buntes Repertoire an geprüften Anwendungsformeln sein Eigen nennen und mit gutem Gewissen einen humorvollen und gleichsam zielstrebigen Charakter zur Schau stellen. Der Lehrkörper war sich ebenso einig über die Intelligenz des jungen Mannes, wie seine Mitschüler Verständnis und Kollegialität zu bestätigen wussten. Die übergeordnete Anerkennung und die gleichrangige Solidarität waren ihm sicher, ohne das jemand genau wusste, warum. Somit kam er über die Jahre der Eloquenz und Selbstsicherheit des familiären Standards nicht nur nahe, sondern er war sogar in der Lage, ihn zu perfektionieren. Bis heute weiß er – der in seinen emotionalen Tiefen immer noch unsichere Mensch Jakob Einfinger – um die Qualität des Erlernten und gleichsam um deren Oberflächlichkeit. Seine scheinbaren Eigenschaften waren hart erarbeitete Strategien, die er fortwährend adaptierte und erweiterte, manchmal gar revidierte. Vielleicht dadurch oder gerade deswegen zeichnet Jakob Einfinger – ohne dies jemals übertrieben zur Schau gestellt zu haben – eine besondere Wahrnehmung von genau diesen Menschen und deren Möglichkeiten aus: Wenn jemand fähig war, sich so weit von einem inneren Gemüt hinaus zu entwickeln, so wie es ihm gelungen war, dann muss es doch im gleichen Maße möglich sein, sich jegliche schlechten, aber auch guten Charakterzüge anzueignen. Der damals heranwachsende Sozialist Jakob Einfinger machte sich dazu noch keine großen Gedanken, ging es ihm doch hauptsächlich um ein Spiel, das sich schnell zu einem manipulativen Miteinander wandelte. Heute jedoch, nach vielen Jahrzehnten eigener Lebenserfahrung, weiß er, dass die Ideale seiner Familie Leitplanken auf der Landstraße stürmischer Jahre der Adoleszenz gewesen waren. Ob es sich dabei um Ideale oder Maßstäbe handelte, da ist sich der Karrierist Jakob Einfinger heute noch unsicher. Dennoch: Viele der Polarsterne eigener idealistischer Vorstellungen machen, ob erkannt oder nicht, mehr aus einem Menschen als so mancher meint. Sie alle befruchten die Persönlichkeit mit guten oder schlechten, edlen oder schmierigen – ja sogar sozialistischen oder konservativen Anteilen – und untermauern damit Abgründe, die später das Vorankommen maßgeblich beeinflussen.

4. Kapitel

Eigentlich sollte ein Leben – jedes Leben – Abzweigungen aufweisen, überraschende als auch absehbare Schlaglöcher bereithalten und durchaus Platz für Irrwege reservieren. Kein Leben kann doch so geradlinig verlaufen wie die Fifth Avenue. Natürlich werden viele Lebenswege aus der gnädigen Perspektive des Alters geebnet und begradigt. Irrwege werden als notwendige Lernphasen chiffriert, Schlaglöcher als spielerischer Mehrwert des Daseins interpretiert und dunkle Abzweigungen entweder tabuisiert oder therapeutisch gedeutet. All das scheint aber in der Tat auf das Leben Jakob Einfingers nicht zuzutreffen. Kaum hatte er sich aus dem Kokon seiner Kindheit und Jugendzeit herausgeschält, nistete sich der scheinbar doch prädestinierte Außenseiter unvermutet schnell auf der Sonnenseite des Lebens ein und erkor diesen Platz für immer und ewig als seinen. Selbst wenn er etwas aus dem Schwall des Füllhorns voller Glück gerückt wurde, so doch nur aus gemütlicher und zustimmender Lethargie.

Der verwöhnte Genießer Jakob Einfinger vertraute anfangs seiner Intuition und später seiner Lebensweisheit – heute bildet beides die Basis seiner weltlichen Entscheidungsfindung – wodurch klar in Erscheinung tritt, dass jede Aktion eine Reaktion bedingen muss, zumal Intuition sowie ab und an auch Lebensweisheit den Menschen gegenüber erwartet werden darf. Ein guter Platz in der Sonne kann schnell zu heiß werden und gleichsam der schattige Ort zu kühl. Jede Bewegung weg von der Sonne und hin zum Schatten bringt unweigerlich das Gefüge eines dicht besiedelten Strandabschnitts in Aufregung. Ähnlich einer Horde Ameisen werden kleine Bewegungen, die ungewöhnlich erscheinen, unmittelbar registriert und die eigene Strategie zum Erfolg – einen Sonnen- oder Schattenplatz zu ergattern – geschmiedet. Dankenswerterweise fand sich bisher immer eine Person in der Biografie Jakob Einfingers, die sich zur passenden Zeit Schatten spendend aufgebaut und beinahe immer rechtzeitig wieder abgebaut hat. Mit diesem Grundvertrauen, die richtigen Momente des Lebens würden sich schon von selbst einstellen, wich die jugendliche Experimentierfreudigkeit und Ungeduld zügig einer elementaren Hingabe der Anspannung. Manche würden sie als Gemütlichkeit, andere als herablassende Dekadenz bezeichnen, doch in der Tat liegen der inneren Ruhe gleichsam Empathie und soziales Interesse zugrunde.

Bereits nach seiner Matura in Graz war vollkommen klar, dass ein junger Mann aus dem Hause Einfinger an die Universität zu gehen hatte. Und zwar als erstes Mitglied in der langen Arbeiterfamiliengeschichte. Gänzlich einem Klischee der damaligen Zeit entsprechend war die Universität zwar eine Stätte unbekannter Dimension, doch eine politische Öffnung der akademischen Bildungsinstitutionen provozierte geradezu den Eintritt als unbedarfter Name in die Inskriptionsgeschichte der Academia. Der Studienabschluss war dabei nur nebensächlich, das Faktum des tatsächlichen, also dem administrativ nachgewiesenen Studierens war schon ausschlaggebend und ausreichend genug, um für weitreichende und stolze Schilderungen im Bekannten- und Freundeskreis zu sorgen. Und so durfte sich der angehende Student Jakob Einfinger nicht nur das Studium frei nach den eigenen Interessen wählen, sondern verfügte ebenso über im Goldschaum emporsteigende Aussichten finanzieller Unterstützungsgischten. Geprägt von dem Pathos, der Sozialismus benötige Juristen, änderte der Querdenker Jakob Einfinger bereits nach dem ersten Semester seine akademische Bestimmung zugunsten der Philosophie. Die Trockenheit der juristischen Fakultätsmentalität konnte seiner Persönlichkeit nur eingeschränkt Rechnung tragen, weswegen die Zuflucht in die Geisteswissenschaften ein überraschender, aber nach kurzer Erfahrungszeit richtiger und notwendiger Schritt auf dem akademischen Migrationspfad war. Dem familiären Ursprung war das Studium genauso recht wie jedes andere und die monatlichen Apanagen sprudelten unverändert.

Jakob Einfinger erfreute sich nicht nur finanzieller Unabhängigkeit, die so manch bürgerlichem Sprössling den Atem stocken ließ, sondern war dabei ebenso in der Lage, sich spielend mit den Studieninhalten auseinanderzusetzen. Konservative Professoren galten – ohne ihnen nur den Hauch einer Chance des Gegenbeweises einzuräumen – als Relikte der Klassengesellschaft, die es so in dieser Form nicht mehr geben sollte und deren Reste es auch schon bald nicht mehr geben würde. Ihre Autorität wurde weder anerkannt noch als angsteinflößend wahrgenommen. Im Kollektiv war es ein Leichtes, während der Vorlesung fehlerhafte Kleinigkeiten unliebsamer Vortragender zu enttarnen oder in passiver Ausdrucksweise eine Gegenfront aufzubauen. Die wahre Lernleistung war in so manchem Seminar, die Formen, Möglichkeiten und Grenzen des Widerstandes zu erproben. Obwohl damals niemand eine Universitätsreform erahnen konnte, war man sich sicher, schon bald mehr Mitbestimmung erhalten zu müssen, um einen Kulturwandel an den ehrwürdigen Universitäten der Republik erreichen zu können. Auf den Wiesen der alten Campi gedieh die Antithese, in den modrigen Hörsälen agierten Guerillas und in den mit Holz vertäfelten Büros der Dekane verschwanden langsam letzte glorreiche Erinnerungen mit Hakenkreuzinsignien. Selbst die angepassten unter den etablierten Studentenverbindungen taten sich mit einer Idealisierung der Situation schwer und hatten mit der braun stinkenden Vergangenheit so ihre Probleme. Sie blieben größtenteils ruhig, doch keineswegs zustimmend ruhig. Vor vielen der mutmaßlich honorigen Professoren lag erstmals die Herausforderung, über die selbstbestimmte Eigendarstellung hinaus nun plötzlich mit zu gern vergessenen Facetten der eigenen Biografie konfrontiert zu werden. Plötzlich wandte sich die Stille der Zustimmung gegen sie und suchende Blicke nach Solidarität, vielleicht sogar der Entschuldigung für jugendliche Dummheiten am Anfang der Karriere, blieben unbeantwortet. Eine Flucht in das elitäre Establishment konnte zwar dem einen oder anderen helfen, die unliebsame Zeit am Universitätsgelände zu ertragen, doch die fruchtbringende Anerkennung junger Menschen blieb zumeist verwehrt.

Das Mittelmaß im Reigen universitärer Bewertungsbögen musste für Jakob Einfinger als Leistungsnachweis ausreichen, waren doch gesellschaftliche Ereignisse, ferne Reisen und exquisite Kulinarik von höherer Priorität. Die vorgegebenen Bücher waren zwar bereichernd, doch niemals dazu gedacht, gelernt zu werden. Die elaborierten Diskussionen über philosophische Fragen und Problemstellungen entwickelten sich in den Hörsälen bei Weitem weniger auffordernd, als sie es in den eigenen Studentenkreisen in der Lage waren.

Mit dieser Lebens- und Studienauffassung war es dann doch etwas überraschend für Familie und Freunde, dass der Student Jakob Einfinger in seinem sechsten Jahr an der Universität von Graz sein Studium erfolgreich zum Abschluss brachte. Unverzüglich stellten sich entsprechende Triumphgaben seiner gesamten Verwandtschaft ein, die er bei mehreren aufeinander folgenden Feierlichkeiten entgegennehmen konnte. Die Beschenkungen fielen reichlich aus und ähnelten Tributabgaben an den persischen König Darieos III. Wahrhaftig hatte niemand in der Familie an einen Studienabschluss geglaubt, sondern vielmehr die Zeit an der Universität als verlängerte Jugend gedeutet, um der besten Möglichkeit folgend in eine Position im politischen, öffentlichen oder parteiischen Umfeld abberufen zu werden. Umso schöner war, dass die doch hoffentlich schon bald erfolgende Abberufung mit entsprechenden akademischen Weihen passieren konnte.

Dem unterschätzten Studenten Jakob Einfinger war bereits früh klar, dass die Arbeitseinbettung in politische Machtsphären nur bedingt als attraktiver Lebensentwurf am Tablett der Möglichkeiten zu werten war. Die Perspektiven schienen eher öde und unspektakulär. Sie umfassten zumeist Stellen der Verwaltung, der internen Dienste oder der Vertretungsorganisationen einer Arbeiterschaft, wobei alle drei Bereiche in der Regel ein gleich hohes Maß an Vertragssicherheit wie Eintönigkeit aufgewiesen hatten. Doch gerade oder vor allem wegen der sicheren Endlichkeit politischer Funktionen waren solche Positionen im Verständnis seiner Familie das erstrebenswerteste Glück auf Erden. Die Verwaltung blieb, wenn die Politik wechselte. Internes war notwendig, solange es Externes gab. Und die Arbeiterschaft währte ohnehin ewig. Diesen Faktoren konnte man vertrauen, besonders seit dem historischen Moment, als das Kaiserreich unterging und eine neue Republik durch Beamte geboren wurde.

In der Tat war die Sichtweise auf die Wertbeständigkeit der Welt durchaus richtig, weit richtiger sogar, als es sich sein verstorbener Vater überhaupt hätte vorstellen können. Im Dampf des ideologischen Wasserbads seiner Familie gedünstet wurde er mit dem Bedürfnis nach arbeitsrechtlicher Sicherheit und finanzieller Potenz durchtränkt. Der Weg müsste nur ein anderer sein als jener eines Beamten im Landesdienst. Und wer, wenn nicht ein

Mann seiner Familie, hätte gute Chancen gehabt, über die Vorstellungskraft seiner Herkunftsfamilie hinaus zu denken. Sowohl sein Vater als auch Großvater sowie der eigene Onkel könnten nicht behilflicher sein, als sie es ungefragt bereits waren, lediglich die Stoßrichtung musste sich noch harmonisieren und den eigenen Träumen entsprechen. Der junge Akademiker Jakob Einfinger wusste bereits die Hälfte der beruflichen Erwartungen seiner Familie seelenruhig akzeptieren zu können und, gegensätzlich zu vielen seiner Kommilitonen, die öffentliche Hand als Arbeitgeber äußerst wertzuschätzen. Spezifische Vorstellungen kundzutun, würde demzufolge sicherlich mit Euphorie angenommen werden. Der Wunsch, in einem Ministerium tätig zu sein und damit von Graz nach Wien zu wechseln, wurde, ganz den Erwartungen entsprechend, freudig aufgenommen und uneingeschränkt unterstützt. Die mütterliche Wehmut fiel kurz aus, überwog doch die Freude, bald einen Ministerialrat im Hause begrüßen zu dürfen und mit diesem Umstand der administrativen Adelung das gesamte soziale Einzugsgebiet behelligen zu können. Alles schien so wunderbar glatt zu verlaufen, dass trotz vieler sozial-gesellschaftlicher Wirren der 1960er Jahre, das Leben der Einfingers geradezu frappierend einfach und idyllisch war. Der Klassenkampf wurde fernab heimischer Territorien geführt, der

Generationenkonflikt hatte andere fernliegende soziale Geflechte fest im Griff, und die Bildungsdebatte entfernte sich aus dem Haushalt gleich schnell, wie sie nach dem Schulabschluss Einzug gehalten hatte.

Ein lautes Geräusch zieht die Aufmerksamkeit des in sich verlorenen Jakob Einfingers auf sich und ihn zurück in die Realität. Er nimmt sich selbst wahr, noch immer jener Traumwelt nachhängend, die ein kleiner Junge – nun Minuten zurückliegend – aufgebaut hatte. Als läge sie unüberwindbar vor ihm, greifbar in ihrer Konsistenz; doch in der Tat hat sich der infantile Traumnebel schon längst verflüchtigt. Kindisch für einen Mann seines Alters, sich so ablenken zu lassen, und gefährlich dazu, inmitten des großstädtischen Gewirrs. Der in die Jahre gekommene Mann Jakob Einfinger fällt schwermütig mit seinem rechten Fuß aus der Erinnerungswolke nach vorn und macht bedächtig einen ersten Schritt hinein ins Gegenwärtige, nicht ohne neblige Nostalgie – ähnlich dem blauen Dunst einer Zigarre – mit sich zu ziehen.

Die Sorglosigkeit des Studentenlebens wandelte sich schon am Tag der Graduierung in ein wohliges Gefühl der nostalgischen Erinnerung. Wie nach einem hitzigen Tag im Freibad, dem die frische Erinnerung beim gemütlichen Grillen folgt: die Sprünge ins erfrischende Nass, die belebende Wirkung des Wassers. Alles erscheint traumhaft in der abendlichen Hitze vor dem Feuer, nur das Restwasser in den Ohren legt Zeugnis über die Wahrhaftigkeit des Tages ab.

Die nun folgenden wilden Siebziger Jahre waren geradezu maßgeschneidert, um in einer neugedachten Freiheit ein wirtschaftliches Leben in Eigenständigkeit aufzubauen. Eine Freiheit – so Chronist Jakob Einfinger heute –, die es so nie mehr geben kann. Klar waren es die universitären Vormärze, die schon bald kulturelle Wirbelstürme im Alltag entfachten. Es waren engagierte Studierende, die keine Studierenden mehr sein wollten; sie suchten ein Leben mit oder ohne Urkunde außerhalb der akademischen Mauern. Ein Leben in Freiheit und Frieden, als Teil der Weltgemeinschaft, ohne durch alte Strukturen belastet zu sein. Man wollte eine Freiheit leben, die alles – Gutes wie Unsinniges – ermöglichte und gerade Menschen mit spannender Andersartigkeit zu ungekrönten Königen erklären würde. Die Grenzen waren politische, soziale und kulturelle Fesseln, denen man entgegentreten musste. Das Andere von was auch immer in den Fokus zu rücken, war nun plötzlich erwünscht. Das Wagnis des Neudenkens, abseits welcher Muster auch immer, wurde nun idealisiert. Diese Umstände wirkten für so manchen Mann der Stunde geradezu beflügelnd: Jakob Einfinger konnte dabei nicht nur seine proletarische Herkunft ins Rennen führen, sondern ebenso sein unsportliches Äußeres, das gern als sichtbarer Protest gegen den Körperkult, den Schönheitswahn und als Zeichen seiner klaren Konzentration auf intellektuelle Inhalte verstanden werden wollte. Dabei beließ er vor allem die schon Jahre zuvor dem Zeitgeist unterliegenden Kommilitoninnen diesem Glauben und dieser Fremdeinschätzung seiner Person, weswegen er bewusst das Detail seiner sportlichen Unzulänglichkeit aufgrund fehlender Motivation aussparte. Jahrelang suchte er den Mittelpunkt und nahm ihn schließlich mit Fleiß und Strategie ein. Nun, da ihm viele seiner persönlichen Eigenschaften einen Vorteil brachten, sollten das Leben und die Möglichkeiten fest umklammert bleiben.

„Sich an ein Klischee zu kuscheln, bedeutet ja noch lange nicht, es zu akzeptieren", murmelt Jakob Einfinger, durchaus etwas beschämt über seine damalige Forschheit, einen über Jahre andauernden Zeitgeist so gekonnt nutzend und doch so wenig beitragend dargestellt zu haben.

Entgegen vieler junger Menschen seines Alters war die notorische Enthaltsamkeit in der Jugend des noch nicht gänzlich gereiften Jakob Einfinger weniger ein Problem als vielmehr ein Kräftesammeln für die damals wahren Lektionen seines Lebens: die Auseinandersetzung mit der eigenen Persönlichkeit. Vieles von dem, was unter Burschen klassisch im Wettkampf oder durch rohe Gewalt entschieden wird, versetzte Jakob Einfinger in eine unbehagliche Gefühlslage. Vielleicht waren es bereits die ersten egalitären Denkansätze oder schlicht die Ablehnung von Aggression, doch konnte die Auseinandersetzung mit Kraft, mit physischer wie psychischer Gewalt, in seinem Verständnis der Welt einfach nicht Fuß fassen. Diese Art der Auseinandersetzung zieht ihren Vorteil aus den Zufälligkeiten des Lebens, und diese Zufälligkeit als Bewertungsgrundlage heranzuziehen kam ihm befremdlich vor.

Stattdessen widmete sich der Gymnasiast Jakob Einfinger den sozialen und eloquenten Komponenten des Lebens. Der gute Witz, das charmante Etwas und die vertrauenswürdige Atmosphäre waren schiffbar; sie lagen in den Händen der agierenden Personen. Genau dem verschrieb er sich im sicheren Umfeld der Schule, konsequent, teils übertrieben, oftmals mit fehlender Authentizität. Doch am Ende kam nicht nur die

Matura zur nachweislichen Studienbefähigung zur Aushändigung, sondern ebenso das profilierte Portfolio eines jungen Mannes von Welt, der in der Lage war, sich sozial zu entwickeln und Normen wie Formen seines Umfelds lesend aufzunehmen und anzuwenden.

Auf dem Campus seiner Universität, auf dem Vorplatz des philosophischen Instituts, nahm Jakob Einfinger mit einer Wochenzeitung aus Deutschland und den kritischen Büchern der Zeit Platz und las nicht nur, sondern nahm auch die weiblichen Reize nicht nur als irritierend und augenmerklich, sondern ebenfalls als erreichbar wahr. Ganz wie von allein wurde eine jungfräuliche Erstbeziehung beendet und folglich die Freiheit revolutionärer Gegenkonzepte, nämlich die strengen monogamen Beziehungen der Elterngeneration ablehnend, in vollen Zügen genossen. Selbst die Tatsache einer kleinen Mietwohnung in der Nähe der Universität – Inbegriff einer Milch aus bürgerlichem Busen, der die Nachkommen in kapitalistischer Weise nährt oder zumindest das abzulehnende Gegenkonzept zum gemeinschaftlichen Wir-Besitz – wurde Jakob Einfinger als reinsortigem Arbeiterkind verziehen. Mehr noch, ein Rückzugsraum stellte sich für das Erleben sexueller Freiheiten doch als förderlich heraus. Denn die antikapitalistische Revolution und Meuterei gegen Beziehungsordnungen hochtragend konnte er trotz ideologischer Schulungen seine eigene Scham nur teilweise abbauen. Und dem Bedürfnis nach einem Bett, einer Dusche für sich – schlicht nach Eigenem – konnte in der Einfingerschen Behausung heimlich gefrönt werden.

Es waren die berühmten wilden Jahre und noch wilder gewordene Studierende, die einfach alles hinterfragten, kritisierten und am besten abschaffen wollten. Der Teilhaber an diesem Prozess, Jakob Einfinger, konnte den Diskussionen und Argumentationen folgen, doch das Feuer der Revolution entflammte in ihm nicht. Bis zu ihrem Ende im Jahr 1989 waren ihm kommunistische Systeme ebenso fragwürdig in ihrer praktischen Umsetzung wie kapitalistische Machtapparate. Doch dies als Sozialist in den Ausgangspunkt einer Diskussion zu werfen, wäre der sichere politische Tod gewesen. Die Rolle des Märtyrers überließ der eifrig debattierende Freigeist Jakob Einfinger in solchen Diskussionen daher gern den anderen und trat stattdessen wenig überraschend inmitten seiner Studienzeit nun offiziell der österreichischen sozialistischen Partei bei, die zwar unter Studierenden Ansehen genoss, jedoch mit wahren antikapitalistischen Grundideologien nur wenig zu tun hatte. Sie sei, so Jakob Einfinger heute, das Light-Produkt irgendeiner Idee gewesen.

Zusätzlich mit dem richtigen Nachnamen ausgestattet war bereits vor seinem erstmaligen Erscheinen in den Parteigremien das Vertrauen spürbar vorhanden. Er merkte, dass Bildung, der richtige Name und die soziale Gewandtheit einen wunderbaren Cocktail amüsanter Abende ergaben, in denen das Wichtige noch immer unter Männern stattfand, mit ausreichend Alkohol und zu später Stunde mit direkten Entwicklungsmöglichkeiten einhergehend.

Der Aufstieg seiner Familienmitglieder in die unterschiedlichsten politischen Sphären war durchaus bunt und von einer gemeinsamen Philosophie getragen: Man entsprach. Mit der Gabe der Verbreitung passender situativer Duftessenzen ausgestattet und dabei sowohl das richtige Maß an Humor als auch die politisch schmeichelnde Sprache flüsternd zur Anwendung bringend – wobei die fein abgewogene Dosis ungemein wichtig war –, perfektionierte Jakob Einfinger die mit seinem Namen in Verbindung gebrachten Qualitäten und fügte ihnen universitäre Intellektualität hinzu. Eine gefragte Kombination dieser Tage, oder deutlicher, in Zeiten des parteipolitischen Überflusses. Es gab nahezu kein Umfeld außer den Bauernbünden, das nicht ein wenig empfänglich für moderate sozialistische Ansätze war; sei es auch nur für den notwendigen Schein nach außen.

Trotz der andauernden Revolution unter den Studierenden und der damit verbundenen Suche nach kraftvollen Persönlichkeiten, die für eine globale Solidarität und gegen das Establishment provozieren und mobilisieren konnten, war Jakob Einfinger mit seinem leichtfüßigen Charme ein gern gesehener Mann der Stunde. In der Tat verdankt er eine Vielzahl seiner vielen Vornamenfreundschaften den Sitzungen revolutionärer Zellen, die sich schon wenige Monate nach Gründung als nur wenig revolutionär herausstellten.

„Die Revolution frisst ihre eigenen Kinder noch während der Geburt und mit gesegnetem Appetit", quillt es dem etablierten Akademiker Jakob Einfinger nach Jahren der Distanz zu den damaligen Ereignissen aus dem Mund. In der Tat blieb nur wenig von den alten Idealen und Ideen übrig, nahezu alle Kämpfer dieser Zeit fächern sich heute bewusst oder unbewusst in beschauliche Karrieren auf. Sie d u r c h l e b t e n   d a b e i   e r s t a u n l i c h e Überzeugungsmetamorphosen, die nur bei nostalgischen Repliken mit Genossen der alten Zeit zu enttarnen sind. Nicht wenige blieben an den Universitäten, andere heuerten ganz klassisch als Beamte in der Stadt- oder Landesverwaltung an, wieder andere gingen in die staatliche, nur wenige in die halbstaatliche und so gut wie niemand in die private Wirtschaft. Mit diesem Karriereverlauf konnte man – zumindest mittelfristig – ansehnlich leben, aber viele gaben sich damit nicht zufrieden und wollten ihre Kontakte zum politischen Milieu halten, sogar intensivieren, um innerhalb des Parteiensystems einen Aufstieg verzeichnen zu können. Der gute Michael war dafür ein Beweis; zumindest für die berufliche Stabilität Jakob Einfingers.

Ein schreiendes Getöse durchbricht erneut die Träumerei des Flaneurs Jakob Einfingers in der hormongedämpften Dunstwolke der Vergangenheit. Die scheinbare Ruhe verbarg sich nur im Kopf, das Hupen der viel zu kraftvoll dimensionierten Wägen, weit entfernte Warnsignale und erneute Schreie umspülen den nun den Träumen Adieu sagenden Mann. In solchen Situationen hätte sich noch vor wenigen Jahren der mehrfach emigrierte Grazer Jakob Einfinger mit pflichtgetreuer Reaktion einen Überblick über die aktuelle Situation verschafft: Was, wer und warum? Inzwischen, an Erfahrung reicher, wendet er lediglich einige Sinnesorgane, teils aus Reflex, teils aus Neugier, dem Epizentrum des Ereignisses zu.

In der Tat sind es die Erfahrungen in einer Stadt und das Erleben der gesellschaftlichen Gepflogenheiten, warum sich tägliche

Verhaltensweisen ändern. Schreiende oder gar brüllende Menschen in Graz sind des Nachts entweder Betrunkene oder Kriminelle. Des Tages handelt es sich hingegen um eine ernstzunehmende Situation, oft um den klaren Hinweis auf ein Hilfsgesuch. In New York City schreien und brüllen Menschen aus Liebe und Hingabe zur Artikulation. Dabei sind im kommunalen Sold befindliche Bedienstete keine Ausnahme. Falschparker, Langsamfahrer, Falschsteher, Langsamgeher und viele andere Unerträglichkeiten bieten genügend Möglichkeiten, lautstarke Interventionen zu setzen. Sollte sich dankenswerterweise keine richtig falsche Gelegenheit bieten, so bleiben gegenseitige Zurufe oder gar hastige Witze unter öffentlich Bediensteten die andere, gern gewählte Option. Es scheint fast immer so, als ob die Menschen in dieser Stadt Angst hätten, ungehört oder gar ungesehen – vielleicht sogar leblos – zu sein. Natürlich bedarf es eines kräftigen Organs, sich über eine Straße hinweg bemerklich zu machen – in Wien wäre das um einiges leichter möglich –, doch häufig ist neben der äußeren auch eine innere Notwendigkeit spürbar, die eigene Existenz herausbrüllen zu wollen. Und so ist es wenig verwunderlich, dass sich zum amtlichen Geschrei ein privatwirtschaftliches Gebrüll hinzugesellt. Wenn das eigene Angebot schon übersehen werden könnte, so darf es keinesfalls auch noch überhört werden.

Der New Yorker Jakob Einfinger hat sich der Einsicht, dass diese Gepflogenheit unveränderlich ist, gebeugt und mit einem gelangweilten Blick feststellen können, dass er auch dieses Mal mit seiner intuitiven Einschätzung richtig liegt. Zwei Damen, Mitarbeiterinnen der städtischen Verkehrsverwaltung, wissen sich trefflich über die neue Plakatserie des eigenen Arbeitgebers zu echauffieren. Die beiden erregten Gesichter blaffen sich gegenseitig an, wobei die Lautstärke einzig durch die Schnelligkeit der Worte übertrumpft wird. Das Gespräch entlarvt sich als Performanz, unmöglich auf das Gesagte der anderen zu reagieren. Noch während die Bilder in der Wahrnehmung Jakob Einfingers verarbeitet werden, hat der schon wieder die unendliche Weite der berühmtesten Einkaufsstraße der Welt vor Augen. Er beruhigt dann doch, der Strang kapitalistischer Kaufoptionen, egal wie viele Köpfe sich darüber, darunter und darauf bewegen mögen. Sie tun es mit ungewollter Harmonie und mit einer sprudelnden Vitalität, ähnlich einer naturbelassenen alpinen Bergquelle.

„Einmal in dieser Straße sorglos einkaufen können", denkt sich Jakob Einfinger. „Irgendwann wollen wir doch alle nur unbekümmert einkaufen und einpacken, was uns als passend erscheint. Was wir wollen. Mit wem wir wollen. So viel wir wollen. Welch schöne Bescheidenheit."

Der nun gelangweilte Jakob Einfinger wendet sich ab; von der Straße und von den sich aufbauenden Gedanken zu den örtlichen Gegebenheiten. Ab und an muss man der fortwährenden Kritik einer unumgänglichen Tatsache eine Pause gönnen und akzeptieren, dass die Welt an dem Ort, wo man lebt, nun mal ist, wie sie ist. Und so – verdrängend wissend – fügt sich sein zur Schau getragener Anzug von Bergdorf & Goodman durch edlen Glanz und modischen Schnitt nicht minder in das Bild der Straße der erfüllten und niemals in Erfüllung gehenden Träume ein. Ganz lautlos, ganz bescheiden, gänzlich passend.

5. Kapitel

Kaum war der junge Magister der Philosophie nach Wien aufgebrochen, um eine Referentenstelle im Büro des Justizministers anzutreten, war dem jungen Intellektuellen Jakob Einfinger die Endlichkeit der Stelle von Anfang an bewusst. Dabei war der Aufwand, diesen Brotberuf wirklich erreicht zu haben, durchaus mit einigem Engagement verbunden gewesen. Nicht nur die Familie, auch er selbst musste immer wieder bei den entsprechenden Stellen – also bei Freunden –, seinen Namen ins Spiel bringen, die sich durch ihre persönliche Bekanntschaft einer Verpflichtung nicht entziehen konnten und dabei der solidarischen Beschwörung einer Höflichkeitsformel entsagten, um erstzunehmende Taten folgen zu lassen. Ebenso mussten diese Personen sich greifbar und durchaus in einem Beziehungsrahmen befinden, um die Verpflichtung dem Versprechen gegenüber dauerhaft kräftigend am Leben zu erhalten.

Doch die Zeit war reif, Ansehen und Positionen gab es zu Genüge und die Konkurrenz war gering, blieben doch nicht wenige in der *terra incognita* der Universität verloren; die Freiheit der Universität – jetzt, nach vielen Kämpfen, Reformen und Veränderungen – wirkte geradezu paradiesisch. Den Verlockungen zu erliegen, bedeutete für manche, Studienerfolge für weniger wichtig zu empfinden, und für andere das Gegenteil, nämlich eine Karriere an der Hochschule mit besonders viel Engagement für einige neue Themen zu versuchen. Jakob Einfinger fühlte sich zwar an der Universität Graz wohl, doch waren ihm die Verpflichtungen der Academia zu weitreichend, als dass er sie hätte akzeptieren wollen: Gremienarbeit, Lehrveranstaltungen, Forschungsvorhaben und die permanente Vernetzungsarbeit in politischen Zirkeln wären dann doch etwas viel geworden. Zudem war ihm – entsprechender Begabung zum Trotz – das gesprochene Wort näher am Herzen als die geschriebene Zeile.

Dem Verfassen von Texten kann er bis heute nur wenig abgewinnen, mehr noch, Geschriebenes ist ihm suspekt. Das Wort auf Papier beendete schon so manche Karriere abrupt oder, noch tragischer, ließ Ungnade hereinbrechen. Außerdem meinte Jakob Einfinger, dass gerade die Philosophie im Begriff sei, das goldene Zeitalter zu verlassen, um sich der Rezeption bekannter Formulierungen einer Postkriegsgeneration zu widmen. Das Urteil war damals weder tiefergehend reflektiert noch faktenbasierend fundiert, doch half es ihm, beruhigt Abstand zu Bildungseinrichtungen einzunehmen. Heute weiß er, wie falsch die historische Einschätzung der Situation war, und ist allein deswegen äußerst erfreut, nichts Schriftliches verfasst gehabt. Zumindest für seine erste Einschätzung darf er weiterhin Richtigkeit beanspruchen.

Der Nachteil eines philosophischen Studienhintergrundes war zwar anfänglich spürbar, doch war er wie so vieles an einem fachlichen Makel schon bald vergessen. Fachwissen konnte man sich aneignen, Sympathie und Vertrauen müssen vorhanden sein.

Überraschenderweise war das Justizministerium jene erste Adresse, die an dem Philosophen Jakob Einfinger Interesse anmeldete. Verdutzt, aber gewillt, jegliche Chance, die ihn nach Wien führen würde, zu ergreifen, bestieg Jakob Einfinger nur zwei Monate nach seiner Sponsion den Morgenzug nach Wien, um im Café Landtmann mit dem Büroleiter des Justizministers zu einem informellen Gespräch zusammenzutreffen. Der parteipolitische Leumund war ausgezeichnet und die freundschaftliche Hartnäckigkeit fruchtbringend, somit wurde das Treffen gleich zur Chefsache erklärt. Nur wenig überraschend kamen in dieser Stunde jene Qualitäten zum Tragen, die sich Jakob Einfinger während der Schulzeit und außerhalb der Hörsäle konsequent angeeignet hatte. In keiner Denkweise wäre aus der Philosophie eine Rechtswissenschaft zu machen und aus einem Konservativen ein Sozialist, somit musste die Qualität im Nichtvorhandensein des Offensichtlichen gefunden und jenes in die Waagschale geworfen werden, dem man sich nicht verschließen konnte. Und in der Tat führte dieser Weg zum Erfolg.

Die anstehenden Reformen im Justizbereich betrafen weite Bereiche der Gesellschaft. Mitten in den Siebzigern transformierte sich nicht nur das gesellschaftliche Kollektiv der Republik, auch die rechtlichen Grundlagen mussten neuen, menschenrechtlichen Überlegungen Rechnung tragen. Dies war dem politischen Büro, mehr noch, dem Minister höchstpersönlich vollkommen klar. Doch Umwälzungen dieser Art betrafen Bereiche, die kritisch, teilweise sogar als moralisch verwerflich angesehen wurden. So dachte man nach, die Stellung der Frau rechtlich zu stärken, homosexuelle Beziehungen unter erwachsenen Personen straffrei zu stellen und Personen mit rechtskräftigen Verurteilungen als Menschen anzusehen, die nicht nur Strafe, sondern auch Unterstützung benötigen.

Kurzum, das Portfolio für ein Tätigkeitsfeld außerhalb legistischer Überlegungen war zwar umstritten, aber eindeutig vorhanden und sollte auch eine politische Behandlung erfahren. Der Philanthrop Jakob Einfinger war entzückt über diese mehr als herausfordernde und menschennahe Aufgabe. Der Büroleiter, eher trocken und permanent eine Zigarette qualmend, entwickelte so etwas wie ein mattes Glänzen in den Augen. Auch er war sich sicher, den richtigen Sozialisten für diese heikle Aufgabe gefunden zu haben. Der Wesenszug Jakob Einfingers, sein feines diplomatisches Geschick als entwaffnendes Werkzeug charmant zu gebrauchen, sollte zum zentralen Mythos seiner Person werden. Dem Überhang an Juristen im Umfeld des Ministers, denen der Umgang und die Gestaltung formaler Regeln und rechtskonformer Parameter ein Genuss war, konnte nun ein Vertrauter hinzugefügt werden, der den Menschen in den gesetzlichen Reglements widerzuspiegeln in der Lage war.

Jakob Einfinger konnte es nicht fassen, als er nur wenige Monate, nachdem er das letzte Glas aufschäumenden Lambruscos in einer studentischen Kommune in der Mozartgasse von Graz gemeinsam mit Freunden geleert hatte, nun auf dem Weg nach Wien war. Eine ansehnliche Wohnung war schnell gefunden, die zu erwartende Verwendungsgruppe im höheren Dienst der Republik Österreich ließ bereits jetzt Überlegungen zu dessen Verwendung greifbar werden und der sich erweiternde Abstand zur Familie entspannte mit den zurückgelegten Kilometern zusehend. Kurzum: Alles hatte wieder einmal geklappt.

Zum ersten Mal in seinem Leben erreichte Jakob Einfinger, Sohn, Schüler, Student,

Akademiker, Sozialist und Arbeiterkind, Selbstständigkeit. Plötzlich, den Semmering endgültig überquerend, stellte sich ein wunderbares und bislang unbekanntes Gefühl ein: das Gefühl der Eigenständigkeit, der Unabhängigkeit und der Verantwortlichkeit.

Jakob Einfinger steht am Straßenrand und betrachtet eine modische Kombination der Extravaganz im Schaufenster einer Edelmarke. Durchaus dem Schönen nicht abgeneigt, kann er bei diesem Anblick weder das Außergewöhnliche noch das Herausragende entdecken; abgesehen von der preislichen Ausgestaltung. Die Materialien scheinen hochwertig, jedoch der Schnitt und die Umsetzung wirken puristisch und beinahe bescheiden provokativ. Wer auch immer dieses Kleidungsstück kaufen wird, kann sich sicher sein, im preislichen Inkognito versteckt zu bleiben. Jakob Einfinger richtet sich auf und erblickt sein Spiegelbild.

Ein proportional geformter Kopf, leicht rundlich, aber durchaus ansehnlich in Formensprache und Symmetrie. Seine Haare, blond und teilweise ins Grau gehend, liegen glatt und luftig, in ihrer Ausrichtung überdecken sie die langsam, aber nicht besorgniserregend tiefreichenden Geheimratsecken. Die Augen auf einer Linie, grün, klar und freundlich. Der Zeit dankt Jakob Einfinger seinen Humor und so zementieren Falten an Schläfen und Augen die heitere Lebensauffassung. Die leicht schrägen Mundwinkel, der einzige Bereich, der sich unsymmetrisch darstellt, zeugt ebenso von einer praktizierenden Freundlichkeit wie von einer der Situation angepassten Eloquenz. Schon seit seiner Kindheit musste Jakob Einfinger den rechten Mundwinkel in grinsender und lachender Weise unbewusst bevorzugt haben. Jahrzehnte später ist dies in der mimischen Landkarte verzeichnet. In diesem Moment ohne Beeinflussung hebt sich in der Betrachtung seiner selbst der rechte Mundwinkel schneller und intensiver nach oben, als es der Linke hätte tun können. Die Augenlider bilden einen freundlichen Rundbogen, wobei kleine Wellen gewölbter Haut von den Augen hin zu den Schläfen, ähnlich kindlicher Speckfalten, den Mittelpunkt seines Gesichtes umschließen. Sich selbst betrachtend mag Jakob Einfinger das Gesehene. Er fühlt sich wohl als Bildnis. Ob auch andere Menschen ihn so sehen können?

Und da: Selbst die Zahnreihe hat sich der Schräge angepasst. Sowohl im Verlauf als auch in der Farbgebung. Die geradlinig rechte Reihe wird durch eine schrägabfallende, etwas gräulich wirkende Zahnfolge konterkariert. Darüber die Nase. Wenig zierlich, aber nicht übertrieben und geradlinig dürfte sie wohl nur wenig Interesse an der Lebensführung gehabt haben: Weder Falten noch andere Zeugnisse einer Persönlichkeit finden sich in ihr wieder. Jakob Einfinger blickt konzentriert auf sein Riechorgan und ist sich sicher, schon seit einigen Jahren seine Nase nicht mehr in diesem intensiven Fokus gehabt zu haben. Doch warum auch? Die Strafe des Mittelpunktes: Das Mittelmaß fordert Desinteresse.

Zufrieden mit dem Gesehenen ist ein Verharren am Spiegelbild überflüssig. Das innere Auge kann ohnehin nur wenige Sekunden das Reflektierte ablegen, bevor die Eigenwahrnehmung all jene Bestandteile der Realität zu dem umformt, was wir in uns tragen. Noch während der Gedanke reift, erkennt der in die Jahre gekommene Mann von Welt, Jakob Einfinger, wie die Erinnerung an ihn selbst das leichte Grau in ein Blond wandelt, die Falten sich glätten und die Jahre aus seinem Gesicht entschwinden. Wie durch Zauberhand wird das Spiegelbild zu einem Bildnis des Moments, dessen Ursprung unentdeckt bleiben wird.

Von seinen ersten Tagen in Wien erholt sich Jakob Einfinger bis zum letzten Tag seines Lebens nicht mehr so leicht. Aus dem Zug entsteigend war er alles andere als schüchtern. Trotz des allgemeinen Glaubens, nur Wien sei die einzige – wirkliche – Stadt Österreichs reichte die erfolgreiche urbane

Sozialisierung in Graz aus, um Mode von Schrott, Freundschaften von Netzwerken und Kultur von Provokation unterscheiden zu können. Einfinger hatte noch nicht den ersten Arbeitstag angetreten, da zog es den emigrierten Grazer in die Theater der Stadt. Die Wiener Oper am Balkon überblickend, das Theater in der Josefstadt in der Loge erkundend oder schlicht am Burgtheater neben der Säule im Parkett lauschend genoss der weltgewandte Jakob Einfinger das nationale Kulturgut visuell und akustisch, nicht ohne zu bemerken, dass alles eine immer leicht wienerische Note umspielte. Nichts von all dem hätte ihn aber damals ideologisch entflammen können, wenn auch viele der Stücke solide oder zum Teil innovativ waren. Als wären diese kulturellen Auseinandersetzungen Vorboten einer Woge der Erfahrungen, blieben die Begegnungen mit der Bundeshauptstadt emotional und kognitiv verkraftbar.

„Die Schönheit Wiens bleibt den Wienern vorbehalten", resümiert Jakob Einfinger gern, wenn die österreichische Bundeshauptstadt zur Sprache kommt. Eine Weltstadt, die so viel mehr sein möchte und zu noch viel weniger in der Lage ist. Dennoch eine Weltstadt, eine schöne Weltstadt.

Der in die Jahre gekommene Flaneur Jakob Einfinger wundert sich, ganz für sich allein mitten in

New York. Warum auch immer dieses Wien, dieses geschätzte, weltweit geliebte, zum Teil verehrte Wien, niemals eine Anziehung auf ihn wie auf andere ausgeübt hatte, ist für ihn bis heute ein Rätsel. Er kann sich nicht erklären, warum das neutrale, beinahe emotionslose Gefühl so stark ausgeprägt seine Seele umklammert, obwohl so vieles in seinem Leben mit dieser Stadt in Verbindung gebracht werden kann. Ein bundespolitischer Husten kann zu einer administrativen Grippe in New York führen. Eine nervöse Spannung in der Donaustadt bedeutet möglicherweise ein erschwertes Vorankommen in Manhattan. Und die europäische Appetitlosigkeit mag eine amerikanische Dinnerparty trüben. Zumindest im Österreichischen Kulturforum.

Wien blieb zeitlebens die gefühllose Tante aus Europa, weder sonderlich geschmackvoll gekleidet noch besonders unterhaltsam. Immer etwas zu anstrengend, häufig zu aufwendig und selten nüchtern. Jede Nachricht dieser Welt, egal ob gut oder schlecht, wurde im Saft der Würste gedünstet, bis nur mehr ein fahler Geschmack der eigenen Themen übrigblieb. Dazu gab es dann Regionales — die eigene Wichtigkeit —, stets bedacht, Wien in Restösterreich schwerwiegender wirken zu lassen. Der durchgeschwitzte Loden mag zwar verschwunden sein, der Gestank blieb aber in der Stadt hängen.

Die ersten Schritte Jakob Einfingers ins Berufsleben waren ebenso spielerisch wie sozial bereichernd. Gleich zu Beginn erkennend, dass die so beschworene Vernetzung nicht nur der Sache, sondern auch der Person dienen könne, verpasste der engagierte junge Mann Jakob Einfinger keine Gelegenheit, wichtige, bald schon wichtig werdende und ehrliche, teils naive Genossinnen und Genossen zu treffen. Weniger wichtig schien ihm zu Anfang die Arbeit mit der Beamtenschaft aus jenen Fachkräften, die unter dem politischen Büro handelten und das auszutragen hatten, was architektonisch oftmals nur einen Stock höher entschieden wurde. Glücklicherweise blieb er einem Grundsatz auch in dieser Frage treu, nämlich alle so zu behandeln, als wären sie besonders ausschlaggebend für ihn, das Thema und die Welt; schließlich – und dessen ist sich Jakob Einfinger sicherer denn je – könnten sie es einmal werden. So blieb seine stille Missachtung der Beamtenschaft ohne Auswirkungen, ganz im Gegenteil: Seine höfliche Umgangsweise verschaffte ihm gleich zu Beginn einen ausgezeichneten Ruf, von dem er bis heute profitiert.

Der berühmte schnelle Kaffee als Möglichkeit zum Austausch avancierte von nun an zu einer strategischen Maßnahme, die über Jahre hinweg in der Frage des Zeitpunktes, der einleitenden Worte, dem Einbauen des Anliegens und im solidarischen Abschluss perfektioniert werden konnte. Dabei handelt es sich um ein breit angewandtes Zeremoniell, dem zwar viele nur wenig Aufmerksamkeit widmen, das aber dennoch von weitgehender Wichtigkeit ist. Der Perfektionist Jakob Einfinger pflegte selbst in den vielen Jahren, seit er in New York leben darf und andere Sitten sein Eigen nennen muss, eben noch die fokussierte und zielgerichtete Form des Kaffeetrinkens. Ob privat oder beruflich, ein guter Kaffee hat neben der Mission einen Sinn: Manche wollen dabei oft nur der Einsamkeit entfliehen und Belangloses artikulieren. Andere wiederum fühlen eine Verbindung mit einem Menschen, der im Rahmen des Kaffeetrinkens nachgekommen werden soll. Doch all das benötigt nicht die gravierende Aufmerksamkeit, die einem zielgerichteten Kaffeetrinken innewohnt, also jenem sozialen Ereignis, dem Inhalte und Anliegen beigefügt werden, wobei die aufzubauende Vertrautheit elementar schwerwiegend wirkt, um am Ende den gewollten Einfluss ausüben zu können. Jene Form des Kaffeetrinkens ist es, die Jakob Einfinger am meisten zur Umsetzung bringen weiß. Sie ist ehrlich und authentisch, und wenn sich beide mit dem Zeremoniell des Kaffeetrinkens dieser Klarheit bewusst sind, so ist der Moment eine wohlig-angenehme Form, Politik zu betreiben. Jeder darf seine Sicht darlegen, Wünsche deponieren, niemand verliert das Gesicht und am Ende lässt sich etwas finden oder erfinden, dem beide zustimmen können. Der Kaffee in dieser Form ist nicht nur ein soziales Format, sondern der philosophische Rahmen für den gelungenen Kompromiss. Manche würden die Tradition in spitzfindiger Weise als oligarchische Vetternwirtschaft betiteln wollen, doch dagegen weiß sich Jakob Einfinger gut zu wehren: Das gesprochene Wort braucht formale und informelle Orte und Gelegenheit, um der barbarischen Auseinandersetzung entgegenwirken zu können. Jeder Saal braucht seine Ecken, jede Oper seine Lounge, jedes Wirtshaus sein Hinterzimmer. Warum also nicht jedem Kaffeehaus seine murmelnden Gäste?

In der Tat sind viele der Kaffeetermine ohne dringliches Anliegen, dienen also mehr der Pflege. Man bespricht Belangloses, versichert sich, dass der andere an Ort und Stelle das Bekannte ebenso abarbeiten würde. Je nach dargelegten Allianzen werden ab und an Namen gewechselt, selten jedoch, um Wertschätzung zum Ausdruck zu bringen. Nichts, ist sich Jakob Einfinger nach seiner beeindruckenden Karriere sicher, ist unangenehmer, als den ersten Kaffee mit einem Anliegen beginnen zu müssen. Nur selten blieb ihm diese Bürde zu stemmen. Die meisten seiner Anliegen konnte er wie in alter Schule üblich, in das Vertrauen einer dauerhaften Verbindung einbetten und zelebrieren. Dies garantiert ihm einerseits die Gewissheit, ein gern gehörter Kaffeepartner zu sein – niemand schätzt jene, die jedes Treffen mit einem Anliegen in Verbindung bringen –, andererseits erhöht es laufend die Wertigkeit zukünftiger Anliegen, sollten sie irgendwann zur Sprache kommen. Dieses soziale Kapital in Händen haltend wird es einem gleich wohliger ums Herz.

Ein älterer Herr schlendert an Jakob Einfinger vorüber. Leicht versetzt hinter ihm folgt ein junger Mann. Das Gespräch dreht sich um Geld. Da beide das Überholmanöver nur schleppend vorantreiben, werden die Passanten unfreiwillig in den Zeugenstand erhoben.

Der an dem Thema Vermögen nicht uninteressierte Jakob Einfinger, schnappt die Summe von dreihundertfünfzigtausend Dollar auf, Jahreseinkommen. Der junge Mann goutiert die Summe mit einem freundlichen Nicken. Ein leichtes Desinteresse lässt sich aus der Kopfhaltung ablesen, sicherlich nicht jene Reaktion, die sich der ältere Mann erhofft hat. Sie schreiten weiter. Der ältere Mann, bereits weißhaarig und mit schütterem Haar, setzt gestikulierend und mit ernster Miene nach, um das Thema mit entsprechender Theatralik zu vertiefen. Der Eindruck verdichtet sich: Ein anfänglich schwieriger Monolog, wahrscheinlich für einen der beiden von Anfang an mühsam, hat sich in nur wenigen Sekunden für beide zu einem mühsamen Gespräch gewandelt. Doch sie kämpfen sich durch, bis einer der beiden die erste oder eine passende Gelegenheit findet, auszusteigen. Sie werden sich nicht einig werden, zu sehr scheint die genannte Summe für den einen so passend wie für den anderen beleidigend zu sein. Und nachdem das Geld den Brückenbau der sozialen Notwendigkeit eines Zusammenseins nicht ausreichend zu finanzieren in der Lage ist, kommt die menschliche Regung fehlender Sympathie unwillkürlich zum Tragen. Jakob Einfinger ist sich in diesem Moment sicher, dass die beiden sich schon bald vergessen haben, sowohl das Gespräch als auch den Menschen.

Nach dem ersten Jahr im Staatsdienst wusste der soziale Netzwerker Jakob Einfinger den richtigen Arbeitgeber, nämlich den Staat, gefunden zu haben, jedoch: Die richtige Arbeitsstelle war es noch lange nicht. Das berufliche Leid hielt sich jedoch in Grenzen, vor allem deswegen, weil Undank unverzeihlich gewesen wäre, sich nach einem Jahr erster Interventionen einer Veränderung hinzugeben, befand man sich doch in einer so komfortablen Situation. Somit führte das

Arrangement, sich und seinen Wünschen Zeit zu geben, zur Hinwendung ans Private.

Eine junge Frau aus der Wiener Gesellschaft des alten Bürgertums jüdischen Ursprungs, jedoch bereits weit vor dem Aufkommen des Nationalsozialismus katholisiert, um Beweise einer anderen Vergangenheit rechtzeitig eliminiert zu wissen, nahm eines Abends neben dem in der Wiener Gesellschaft bereits wohlbekannten Beamten Jakob Einfinger in einem roten Waggon der Wiener Linien Platz. Sie war von großer Gestalt, mit kurzen braunen Haaren, einem freundlichen Gesicht und dabei durchaus Anziehungspunkt der Aufmerksamkeit mehrerer Straßenbahngäste. Ihr Mantel, etwas verschlissen, war eindeutig ein politisches Statement, das aufgrund der provokanten Frisur als solches gedeutet werden musste. Die leichte Schminke überraschte den Teilzeitrevolutionär und Opportunisten Jakob Einfinger dann doch, passte dies nur wenig zu seinem ersten Bild und Klischee einer kommunistischen Feministin der autonomen Szene. Er deutete dies als von dem antikapitalistischen Kollektiv übersehenes Relikt und als Zeugnis sträflicher Egozentrik und Eitelkeit. Es gefiel ihm.

Sie trug eine alte schwarze Arzttasche mit sich, die überquoll von bedruckten Zetteln und Tüchern. Die Papiere waren eindeutig Mitschriften aus einer oder mehrerer Vorlesungen und die Tücher wahrscheinlich ebenso Beweise einer verwerflichen Dekadenz modischer Eitelkeit.

„Wenn man sich selbst in einer schlechten Welt zu einem guten Leben wandelt, dann verblasst selbst das Beste mit der Zeit", resümiert Jakob Einfinger seine Erinnerung Jahrzehnte später.

Was bleibt, sind Momente, Gefühle und Gerüche. Leider ist es dem damals jungen Liebhaber Jakob Eifinger nicht in Erinnerung geblieben, wie er mit dieser eindrucksvollen Frau neben sich ins Gespräch gekommen ist. Egal wie sehr er sich im Hier und Jetzt bemühen wollte, es würde ihm nicht mehr einfallen, wohin sie unterwegs waren oder gar wie lange ihre Unterhaltung dauerte. Vielleicht zehn, eventuell fünfzehn, doch keinesfalls mehr als zwanzig Minuten. Wohin hätte man in der Wiener Innenstadt schon mehr als zwanzig Minuten unterwegs sein können, wenn man die spießbürgerlichen Randbezirke konsequent mied und man sich dann doch etwas mehr als die Arbeiterbezirke leisten wollte?

Auch die Art und Weise, wie sie sich wieder verabredeten hatten, bleibt unwiederbringlicher Teil der verlorenen Sammlung seiner Biografie. Über das Telefon konnte es sicher nicht gewesen sein, verfügte er doch nur im Ministerium über eines, und gleich zu Anfang mit der Arbeitsstelle zu prahlen, wäre nicht nur arrogant, sondern darüber hinaus übertrieben gewesen. Vielleicht hatten sie bereits im ersten Gespräch einen Treffpunkt ausgemacht? Eventuell animierte ihn das bezaubernde Lächeln zu einem frivol-mutigen Vorstoß? Wie auch immer die ersten Minuten ausgesehen hatten, am Ende der Fahrt war die Unbekannte zu einer Ruth geworden.

Das erste geplante Zusammentreffen nahm im Kunsthistorischen Museum seinen Lauf. Eine – zugegebenermaßen – elegante Variante, wurde doch auf der einen Seite mit der Lokalität der Bildungshintergrund zum Ausdruck gebracht und auf der anderen Seite die pekuniäre Situation nur geringfügig belastet. Darüber hinaus war es für eine angehende Kunsthistorikerin mehr als passend, sich einer der großen Institutionen zu widmen, die man gern im Alltäglichen den Touristen überlässt. Noch Jahre später war unklar, wer nun eigentlich den Einfall zu dieser Örtlichkeit gehabt hatte: Für Jakob Einfinger sprach stets die strategische Überlegung, die fachliche Entsprechung war zweifelsohne auf Ruths Seite zu finden.

Jakob Einfinger schmunzelt, erneut erwärmt ihn das Gefühl der Geborgenheit. Noch Jahrzehnte danach fühlt er seine Aufregung von damals, riecht den angenehmen Geruch eines blumigen Parfums, sieht die alten Bildern und die prickelnde Schönheit der Frau. Beide waren weder gut gekleidet noch in ihrer Mitte ruhend. Ebenso hatten beide einen Friseurbesuch genauso notwendig wie eine ehrliche Meinung bei Kleidungsfragen, doch das jugendliche Alter gab ihnen in allem recht. Es wurde alles verziehen, ja geradezu charmant. Sowohl der junge Jakob Einfinger als auch die attraktive Ruth gaben sich Mühe, im Bewusstsein um die fragile Situation, attraktiv und angenehm aufeinander zu wirken. Jedes Lachen ließ die Situation und die beiden Menschen schöner und schöner werden. Ob sie überhaupt ein Bild sahen? Ob überhaupt andere Menschen zugegen waren? Jakob Einfinger kann sich nicht mehr erinnern, doch er weiß in voller Dankbarkeit des Alters um die Kostbarkeit dieser wunderschönen Erinnerung. Um ihren Wert, um die konsequente Gnade einer Fortuna, die es doch immer gut mit ihm meinte.

Jakob Einfinger beginnt zu schwitzen. Ein klebender, der Schwüle geschuldeter Schweiß benetzt seinen Körper. Wieder einmal kündigt sich der ersehnte Regen durch unerträgliche Vorboten an, wieder einmal wird er ausbleiben, wie schon so oft. Die Stadt muss weiter unter der erstickenden Hitze und Luftfeuchtigkeit begraben bleiben. Die Grande

Dame der Metropolen dieser Welt lässt auch hier ihre Strenge walten: zermürbend eisigkalte Winternächte für die einen, erdrückend schwülheiße Sommertage für die anderen. Sie weiß zu spielen mit der Undankbarkeit ihrer Bewohner und hält der Technik ihren Wankelmut. Beinahe nehmen es die Bewohner, auch der hier wohnende und arbeitende Mensch Jakob Einfinger persönlich, wenn die Gnadenlosigkeit ihren Alltag unerträglich erschwert.

Sie hatten den Nachmittag im Museum verbracht, miteinander gesprochen, gelauscht, beobachtet, Nachteile den Vorteilen gegenübergestellt, erste Macken ausfindig gemacht, Gesichtszüge gemustert und Verhaltensweisen studiert. Und das alles passierte nur nebenbei, neben spannenden Gesprächsthemen, neben humorvollen Parodien und neben dem permanenten Gefühl, es steige einem die Nervosität zu Kopf. Am Ende waren sie einfach nur glücklich. Sie verstanden sich und waren bereit, die Nachteile des anderen in Kauf zu nehmen. In gewisser Hinsicht Liebe auf den ersten Blick, denn nichts von all den kleinen Dingen, die sich im Laufe ihrer Ehe als störend herausstellen würden, konnte sie voneinander abbringen.

Die baldige Ruth Einfinger verabschiedete sich an jenem Nachmittag, um nur zwei Stunden später in neuer Robe und mit ausgewechseltem Tuch für einen Kinobesuch bereit zu sein. Konservativ, beinahe schon brav bereiteten sich beide auf das abendliche Treffen vor, sie zogen vorteilhafteste Stücke aus dem Schrank, trugen etwas mehr Parfum als üblich auf und agierten galanter agiert, als sie es sonst getan hätten. Sie waren beschämend unbelastet von allen Diskussionen über die freie Liebe, den kapitalistischen Erzfeind oder die Debatte um den Hunger auf der Welt. Sie waren für sich, fern einem Kollektiv.

Trotz jahrelanger Auseinandersetzung mit den Unterdrückungsmechanismen der bürgerlichen Familie, der herrschenden Matrix einer Männlichkeit, die sich in einer monogamen Heterosexualität manifestierte, ohne über die so dringend notwendigen Gegenkonzepte einer kapitalistischen Hausgemeinschaft auch nur nachgedacht zu haben, betraten eine Dame und ein Herr das Kino, mit zwei Eintrittskarten, die der Mann bezahlt hatte. Sie saßen gemeinsam im dunklen Saal und hatten nur Augen füreinander. Für den anderen. Den Moment und das knospende Gemeinsame. Die sich Verliebenden wandelten sich an diesem Abend zu einem Paar. Eines, wie sie es sich geschworen hatten, niemals zu werden. Sie wandelten sich zum Inbegriff des zu Kritisierenden, binnen einer Nacht. Doch darüber dachten sie nicht nach; es war ihnen egal. Der

Moment erforderte alles. Jede Aufmerksamkeit und alle Sinne. Die Politik und der Klassenkampf überließen sie an diesem Abend und an noch vielen weiteren Tagen anderen.

„Das Gefühl, nichts würde existieren; wenn Lichter mit Menschen und Menschen mit der Zeit zu einem Ganzen verschwimmen. Dieser eine Moment, wenn die Nähe alles ist und zu allem wird: dann dürfen wir von Liebe sprechen. Uneingeschränkter Liebe zwischen Menschen", ist sich der gesetzte Mann von Welt Jakob Einfinger sicher, trotz oder gerade wegen der Lebenszeichnung seiner eigenen Biografie.

6. Kapitel

Die Qualität ihrer Beziehung war weniger das gemeinsame Lachen, ebenso wenig die Faszination für bestimmte Lebensbereiche, als vielmehr die gemeinsame studentische Sozialisation der Zeit und die für beide notwendig gewesenen Brückenschläge zwischen Familie und Freunden. In der Tat setzte sich diese permanente Überbrückung in ihrer Beziehung als elementare Verbindung durch, war doch Ruth dort geboren, wo Jakob Einfingers Familie die Kapitalisten vermutete. Die einzige Tochter des Hauses konnte auf eine gutbehütete und finanziell entspannte Kindheit zurückblicken. Dem beamteten Adel seit Jahrzehnten verpflichtet, verschrieb sich Ruths Familie pragmatisierten Positionen und erarbeitete oder – je nach Interpretation – erschlich sie immer wieder neu. Dabei entsprach das Familienleben dem beruflichen Selbstverständnis: solide und mittelmäßig. Niemand in Ruths Familie – weder in der Gegenwart und schon gar nicht in der Vergangenheit – ist oder war durch großartige Leistungen in Erscheinung getreten, auch das politische Verständnis, ausdrücklich konservativ-katholisch, schien die Stabilität des Berufsalltages mit sich gebracht zu haben. Selbst der Onkel, ebenso gläubig wie trunksüchtig, schwadronierte leidenschaftlich über seinen kurz bevorstehenden Einzug in die Wiener

Lokalpolitik. Den Gemeinderat jedoch erreichte er nie, dafür erreichte ihn ein Gemeinderat. Am Wiener Zentralfriedhof.

Trotz der vielen Jahre und der geringen Anzahl der noch Lebenden denkt Jakob Einfinger immer wieder gern über Ruths Familie nach. Sicherlich auch deswegen, weil ihm vieles in dieser Familie so frappierend eigenartig vorkam, viele politische Diskussionen so unreflektiert, teilweise sogar dogmatisch. Wahrhaftig erkannte der damals junge Mann seine eigene Familie im Spiegelbild konträrer Lebensperspektiven wieder. Die Neurosen eines Familienverbandes des Arbeitermilieus, die ebenso kompromisslos dumm wie dem anderen gegenüber ausgrenzend sein konnten, waren andernorts ebenso ausgeprägt wie scheinobjektiviert. Diese Familien standen sich gegenüber wie Silhouetten eines Menschen in einer metallenen Fahrgastkabine: Auf beiden Seiten waren politische Abbilder ein und desselben Menschen, die gegensätzlicher nicht sein konnten, jedoch umso leidenschaftlicher interpretiert wurden. Beide Abbildungen entwarfen – trotz der für sich herausgearbeiteten Differenzmuster – denselben Menschen, und oft waren, so musste selbst der teilnehmende Beobachter Jakob Einfinger insgeheim zugeben, manche konservative Positionen denen einer sozialistischen nicht unähnlich. Der geringste Unterschied lag im ängstlichen Mittelmaß; vielleicht auch in der Mutlosigkeit, die niemals ohne Risiko zu überwinden gewesen wäre. Das familiäre Pathos von Arbeitern wog da schwerer als die finanzielle Realität. Der konservative Glaube von Bürgerlichen festigte da mehr, als der gesellschaftliche Aufstieg hätte einbringen können.

Das Mittelmaß in Ruths Familie war jedoch nicht weit auffallender, als es in so vielen anderen Familien der Zeit der Fall gewesen war. Wenn es sich um die beruflichen Perspektiven des Vaters drehte, so war schnell klar: Die Epoche war ein bundespolitischer Winter für konservative Kräfte. In Wien selbst herrschte ohnehin schon seit Jahrzehnten die Eiszeit. Diese Umstände schienen gerade durch politische Zustände entschuldbar, doch das wahrlich schockierende Mittelmaß in der Beziehung von Ruths Eltern war dem Privaten geschuldet. Die Rollen waren klar verteilt, lediglich die wechselnden Jahreszeiten brachten zumindest eine modische Veränderung des Paares. Alles andere regelte der Alltag, das Nichtsprechen, die Momente des Gemeinsam-Einsamen, das schlicht geregelte Nebeneinander. Vorbei an Momenten, vorüber an Menschen und entfernt von sich selbst. Jakob Einfinger konnte sich damals nicht satt sehen an den traurigen Szenen dieser Familie. Die konservative

Denkströmung manifestierte sich in allen Lebensbereichen, und so waren witzige Dynamiken einer Veränderung der Zustände zum Scheitern verurteilt. Die schlichte Frage, ob ein Hund die Familie bereichern sollte oder nicht, wurde bei einem Mittagessen geordnet besprochen und die Entscheidung vertagt im Wissen, dass dies die Ablehnung des Vorschlags bedeutete. Weder wurde die Vertagung angesprochen noch das Thema in absehbarer Zeit aufgegriffen. Die Entscheidung des Vaters, es zu einem späteren Zeitpunkt aufgreifen zu wollen, beendete die Situation. Jakob Einfinger war solche patriarchalen Entscheidungen gewohnt, der fehlende Widerstand überraschte ihn aber dann doch. Seine Mutter war weder Feministin noch Klassenkämpferin, doch sie fühlte sich zumindest als Arbeiterin und würde daher eine begründete Entscheidung und eine scheinheilige Einbeziehung erwarten.

Die übergeordnete Position gibt der Täuschung Vorschub, denn die Rollenverteilung im Familienhaus der Einfingers war jener von Ruths Eltern nicht unähnlich. Doch durften sich sozialistische Eigenheiten einschleichen, die im Alter dann doch fundamentale Neuordnungen mit sich brachten: So musste der gerade in der Jugend mickrige Lohn des Vaters durch eine wirtschaftliche Tätigkeit der Mutter aufgefettet werden. Die

Schwangerschaften änderten daran nur wenig, und so konnte die Mutter zuerst von zu Hause, später in kurzen Arbeitseinheiten auswärts Einkünfte herbeischaffen. Wenig prestigeträchtig, aber flexibel in der Erledigung wurde im Besonderen fremde Wäsche gebügelt oder, später dann, wurden fremde Wohnungen geputzt. Beides brachte das wichtige Zubrot, aber vor allem eine gestärkte Position der Mutter in der Beziehung ein. Später, als die Familienkarrieren ansehnlicher wurden, klappte es auch mit einer Teilzeitstelle als Sekretärin in der steirischen Arbeiterkammer. Somit schaffte es die Hausfrau, aus einem kleinen Zubrot das durchaus lebenserhaltende Einkommen einer Ehefrau zu generieren. Die damit verbundenen angereicherten Jahre pensionsversicherter Exzellenz schufen die Basis für das Leben einer gutsituierten Pensionistin. Mit jeder signifikanten Steigerung der mütterlichen Einkünfte war eine Veränderung in der elterlichen Dynamik spürbar, wenngleich der Vater das Oberhaupt blieb.

Jakob Einfinger erinnert sich lebendig, wie intensiv seine Eltern abendlich die Ereignisse vom Tag füreinander und für sich selbst rekapitulierten. Man wusste, wer von den Politikern zu loben war und wer harsche Kritik erfahren musste, man erfreute sich bei erfolgreich preiswerten Einkäufen und beschwerte sich intensiv über jegliche

Gebührenerhöhungen, die drohen könnten. Manche der Themen schienen über Jahre hinweg ähnlich – beinahe gleich – zu lauten, und trugen wohl mehr Gewohnheit als tagespolitische Realität in sich. Ähnlich einem archaischen Ritual konnte Jakob Einfinger die Partitur der abendlichen Inszenierung auswendig aufsagen. Auch hierbei stellte sich das Jahrzehnt als ergiebig heraus, bedenkt man die ständigen Wechsel von Politikern heutzutage. Ein Name blieb gern ein Jahrzehnt mit einer Position verbunden und konnte so ausreichend viel Anerkennung oder auch Ablehnung ernten.

Was den elementaren Unterschied zwischen beiden Familien wirklich ausmachte, lässt sich für Jakob Einfinger nur schwer erraten: Ob es die Mühen für das gemeinsame Wohl der Familie in Form aufopfernder Hausarbeit war oder einfach nur die Tatsache, dass beide neben der Beziehung einen eigenen Freundeskreis pflegten, den sie bis zu ihrem Lebensende jeweils fern des Ehegatten beanspruchten, mögen nur zwei der auffallenden unterschiedlich interpretierten Gemeinsamkeiten gewesen sein. Worin aber auch die Divergenz bestanden haben möchte, allein das Miteinander der beiden Elternpaare konnte nicht andersartiger gewesen sein. Nicht nur für ihn, ebenso für Ruth.

Wenig überraschend tat man alles, um die Angelegenheit des Kennenlernens der jeweilig anderen Familien um fast ein Jahr aufzuschieben. Einerseits bremste Ruth, wohl wissend um die Einblicke, die ein Besuch bei ihrer Familie mit sich bringen würde. Anderseits war ihrem verständnisvollen Partner, Jakob Einfinger, bewusst, wie schwer Ruth das Ankommen in seiner Familie fallen würde. Außerdem bedurften die familiären Verpflichtungen ohnehin einigem Aufwand für die beruhigende Versöhnung, und die Aussicht auf diesen innerfamiliären Kraftaufwand bot nur geringen Anreiz für den jeweils anderen. Erneut hatte man weniger den Klassenkampf als vielmehr die elterliche Engstirnigkeit vor Augen, die man argumentativ nicht entkräften konnte.

Jakob Einfinger kommt ein junger Mann in sportlicher Kleidung entgegen. Eine bekannte Marke umhüllt den scheinbaren Amerikaner, Flipflops ohne Socken erden ihn. Ein kleiner Rucksack mit wenig Inhalt, jedoch sich abzeichnenden Trainingsschuhe schützt den Rücken. Eine Sportkappe rundet das Outfit ab, wobei die farblichen Nuancen der Stoffe lediglich zwischen Schwarz und einem dunklen Grau variieren. Ein Bartansatz unterstreicht die Männlichkeit, der dunkle Teint und die braunen Haare verleihen dem Fremden etwas Südländisches. Jakob Einfinger empfindet Bewunderung, er verlangsamt seinen Schritt, zu abgelenkt von dieser zur Schau gestellten Gesundheit. Beinahe wäre Neid aufgekommen, doch die Gnade des Alters lässt ihn sanft werden. Die muskulöse Figur füllt die Sportkombination bis in die letzte Naht und lässt zwischen Haut und Stoff keinen Raum für Falten oder sich auslaufende Schnitte. Die zweite Haut aus einer Baumwoll-Polyester-Mischung zeigt jedoch an manchen Stellen Zeichen der Überspannung. Schultern und Oberarme fordern das Material am intensivsten, danach der Po und die Oberschenkel. Selbst der Schritt, ohne jegliche Form nach außen zu tragen, scheint eng umfasst, ohne dem das wohl Natürlichste der anatomischen Welt darstellend den entsprechenden Raum für ein freies Sein zu gewähren. Die durch Striemen segmentierten Füße sind schön geformt, adrett gepflegt und neben den Oberarmen der eigentliche Höhepunkt der optischen Erscheinung. Das Tageslicht umspielt den Mann, der sich seiner selbst bewusst ist. „Das Schöne liegt doch im Kunstwerk der Schaffung. Als geschaffenes Werk, dem ein Gedanke der Schönheit zugrunde liegt."

Jakob Einfinger wundert sich im selben Moment über sich selbst. Er ist überrascht über die Perfektion der Physiognomie, dieser klaren Struktur einer menschlichen Erscheinung, aber gleichsam über die ausstrahlende Hingabe für sich selbst. So glaubt der kunstsinnige Jakob Einfinger, diesen jungen Mann auf unerotische Weise attraktiv zu finden und viele Damen auf dieser Straße – und so manche Herren – ihn als klassisch jung und schön zu erachten. Doch am ehesten scheint diese maskuline Erscheinung sich selbst zu erotisieren. Jeder Schritt wird koordiniert, gleichsam jede weitere körperliche Bewegung. Die Mimik steinern. Die Sonnenbrille, eindeutig ein gewagtes, aber passendes Stück höheren Preissegments, schützt die Augen vor den kontrollierenden Zugriffen der anderen und vor der Blöße, die anziehenden Blicke doch wahrzunehmen, aufzunehmen und zu begehren.

Nur wenige Meter entfernt und nur mehr wenige Sekunden im Blickfeld beginnt die Schönheit mit der sich verringernden Distanz zu schwinden. Doch es ist keineswegs das Äußere, das sich verändert hätte, ganz im Gegenteil: die feinporige Haut wurde mit guten Produkten regelmäßig gepflegt. Die merklich klare Ausstrahlung deutet der in die Jahre gekommene Mann Jakob Einfinger als gesunden Lebensstil in Form von biologisch erzeugten Nahrungsmitteln und genügend Schlaf. Die Zähne haben ihre Anordnung wahrscheinlich durch eine Zahnspange in kieferorthopädischer Idealordnung einnehmen dürfen, der Haaransatz zeugt von einem frischen Haarschnitt. Die Nase erlaubt keinem einzigen Härchen, im Tageslicht zu glitzern. Genau so wenig ist es dem Bart gestattet, über die zugedachten Gesichtskonturen hinaus zu schattieren. Auch eine Körperbehaarung, die sich gern den Weg nach oben erwächst, hat hier keine Chance und wahrscheinlich hatte sie noch nie eine. Der Mann schreitet in flüssig-sportlicher Bewegung an dem alten Jakob Einfinger vorüber, nicht ohne dabei einen sportlich-adeligen Duft nach sich zu ziehen. Nun, Aussehen, Dynamik und Geruch als Kombination eines Menschen wahrnehmend, wird das Kunstwerk begreiflich. Der Moment dauert nur Bruchteile von Sekunden, bevor das Ende eintritt und nur mehr Abzüge eines Parfums die Straßen bereichern. Und plötzlich ist er so ganz verschwunden, sodass eine Erleichterung spürbar wird. Die Anstrengung des Gesehenen hat die Menschen merklich erschöpft Jakob Einfinger schüttelt die wahrgenommene Inszenierung einer Männlichkeit ab, ein neben ihm vorbeitrabender Hund tut es ihm gleich. Die Kraft der Inszenierung erfordert ebenso den Kraftaufwand des Umfeldes, es aufzuhalten und anzunehmen, so ist sich Jakob Einfinger, der sich übertriebene Eitelkeit versagt, sicher. Schon oft hat er darüber nachgedacht, vielleicht weil es etwas Unerreichbares gewesen war, als klassisch schön zu gelten. Vielleicht aber auch nur deswegen, weil er Schönheit in all ihren Formen zu schätzen in der Lage ist und dabei weiß, dass nichts Schönes einfach zu haben ist. Oder dass das wirklich

Schöne dem Einfachen innewohnt, es jedoch zu entdecken schwerfällt.

„Wie sich doch die Zeit verändert hat", kommentiert Jakob Einfinger die Situation, als die Aufmerksamkeit sich wieder der Straße zugewandt hat. „Glücklicherweise", beruhigt er sich selbst, „blieben mir diese Bürden erspart." Erleichtert kann er sich seinen Gedanken zuwenden, die ihn weniger weit tragen als erhofft.

Niemals in seinem Leben gehörten der heranwachsende und der erwachsene Jakob Einfinger zu den Schönen. Selbst im ersten gemeinsamen Jahr mit Ruth gab es viele Momente, in denen er sich nur wunderte, warum gerade er sich in dieser Beziehung wiederfinden durfte. Mehr noch, als er die vielen Kommilitonen und Freunde von Ruth kennenlernte, bestärkte ihn dies in der Unsicherheit, optisch nur mangelhaft ausreichend den Vergleich überstehen zu können. Niemand aus dem damaligen Freundeskreis war eine Schönheit, die mit der eben gesehenen Erscheinung zu vergleichen gewesen wäre, doch waren durchaus einige dabei, die einem klassischen Schönheitsideal näher waren als der unscheinbare Jakob Einfinger. Tatsächlich änderte sich gerade in den Siebzigerjahren das klassische Schönheitsideal für Männer, wobei alte Formen des Mannsein kritisiert sowie ideologisiert wurden. Jegliches

Leistungsprinzip wurde in einem zu hinterfragenden Licht gesehen und damit Mannschaftsport mit diktatorischen Unterdrückungsmustern verglichen oder der Drang nach körperlicher Perfektion als kapitalistischer Konsumzwang gedeutet.

Ohne sich also weiter Sorgen zu machen, akzeptierte der glückliche Jakob Einfinger die Situation und dankte für die späte Geburt und das Aufkommen der sagenhaften Revolution um 1968. Egal wie eine Idee des Schönen aussehen sollte, im studentischen Milieu der Zeit musste es neu gedacht werden. Daher durfte man sich weiterhin, ob in einer Beziehung oder nicht, der Welle einer sich reformierenden Zeit hingeben. Ohne nur irgendwelche Zwänge zu spüren, wurde ihm darüber hinaus durch Ruth eine Nachfrist im Studentenleben zuteil, auch wenn die sich langsam formierende Diplomarbeit das zweite Studienende schneller näherbringen sollte, als vielen lieb war. Durch den Druck von Ruths Eltern war Studieren mit der Zielvorgabe eines akademischen Grades verbunden und gerade die Doktorwürde das Grande Finale. Im Geiste vereint war jedoch die Vorstellung der Familie kaum nennenswert, sondern die Neugierde die treibende Kraft im Schaffensprozess.

Tatsächlich waren Wien und jene Kreise, zu denen der hochschulaffine Jakob Einfinger Zutritt erlangte, nochmals kritischer und intensiver in der

Auseinandersetzung mit Geschlecht und Sexualität, als er es in Graz miterleben durfte. Oder war es gar nur die logische Weiterentwicklung in den wenigen Monaten, seitdem er sich mehr der Vernetzung im öffentlichen Sektor zugewandt hatte?

Onanie, der menschliche Körper und die weibliche Lust, der Phallus des Mannes und seine Macht des Eindringens wurden an unzähligen Abenden diskutiert, manchmal sogar praktiziert. Im obligatorischen Bier- und Zigarettendunst sitzend, gelegentlich einen Joint durch die Runde reichend, wussten meist hagere, dünne, selten dicke und noch seltener sportliche Diskutantinnen und Diskutanten zu berichten, wie sie unterdrückt wurden, selbst zum Unterdrücker sich wandelten, aber nun durch Reflexion mit ihrem eigenem Ich in einem wöchentlichen konstruktiven Dialog stünden. Selbst die Onanie konnte über Stunden zu einem nüchternen Thema des Abends avancieren, ebenso die Homosexualität. Sowohl das Eine als auch das Andere waren natürlich in einem gesellschaftlichen Rahmen zu sehen und, so die Meinung vieler, die eigentlich probaten Mittel, um den Herrschaftsdiskurs zu durchbrechen. Selbstbefriedigung ein Mittel gegen jegliche Unterdrückung und Konsumzwang? Homosexuelle schienen dabei für manche die wahren Säulen der sexuellen Revolution zu sein, sei ihre Sexualität doch frei von Produktionszwängen und diene rein der gegenseitigen Befriedigung. Der zumeist schweigsame Gelehrte Jakob Einfinger lauschte oftmals den Debatten, um am Ende gereift einzugestehen: Vielleicht war es so, vielleicht auch nicht. Weder eine lesbische Frau noch ein schwuler Mann hatten sich zum damaligen Zeitpunkt gefunden, hier ihre Meinung abzugeben und so erkannte der oftmals schräg beäugte Universitätsabsolvent Jakob Einfinger schnell, dass auch diese revolutionären Wahrheiten von einigen Realitätsbezügen abzudriften begannen.

Jakob Einfinger wusste hier intuitiv erfolgreich zu agieren, weswegen opportunistische Zugänge die beste Möglichkeit boten, um weder als Chauvinist noch als prüder Zweckmensch diffamiert zu werden. Weniger ging es ihm dabei um die drohende Auseinandersetzung als vielmehr um die Tatsache, dass beide Rollen nicht passend gewesen wären, war für ihn doch die Gleichstellung der Frau ein zentrales Anliegen, politisch wie ethisch, und die Freiheit der Sexualität in der Ablehnung hegemonialer Geschlechterrollen, Grund für bisher so viele sorglose Jahre. Ruth hingegen konnte sich beim Aufkommen des richtigen Themas grenzenlos ereifern, insbesondere dann, wenn es die Unterdrückung der Frau, Sexualität und Prüderie in der bildnerischen Kunst betraf. Ihre Ausführungen dazu waren sowohl politisch als auch fundiert. Ihr Liebhaber Jakob Einfinger kannte nach nur wenigen Wochen viele ihrer Argumente, doch sich in der leidenschaftlichen Diskussion ergehend wusste Ruth immer neue Details und andere Argumentationsstränge anzuwenden, weswegen ihn keine der Diskussionen jemals gelangweilt hätte.

Neben der Theorie war es aber vor allem die Handlung, nämlich das Erleben von Sexualität, das, was bewusst stattfand. In dieser Angelegenheit kamen beide aus ähnlichen elterlichen Vorstellungswelten, weswegen umso mehr das Durchbrechen und Erleben einer tabuisierten Sexualität Spannung bot. Noch heute ist der freidenkende Jakob Einfinger der festen Überzeugung, dass diese Erlebnisse das nachhaltigste Erbe der damaligen Zeit sind. Die verbreitete Unfähigkeit, den eigenen Bedürfnissen eine ausdrucksstarke Stimme und einen würdigen Raum zu geben, insbesondere wenn es sich um sexuelles Begehren handelt, macht aus vielen Paaren Maschinen mit nichtartikulierten Gefühlslagen. Sie funktionieren nach antrainierten Lebensplänen und rezipieren permanent altmodische Beziehungsmuster, die in der Generation der sozialen Revolution als Kontrapunkte zum Eigenen definiert wurden. Die Scham als Vehikel der Unaussprechlichkeit eigener sexueller Bedürfnisse fußt auf der Unterwerfung körperlicher und emotionaler Tabuisierungen. Das weibliche Moment wurde der männlichen Permanenz untergeordnet. An vielen gesellschaftlichen Abenden war man sich, trotz manch ungelöster Fragen, zumindest über diese Grundsätze einig. Somit sprach das damals junge Paar so oft und so viel wie möglich über Sex, den Körper, und ebenso über Gefühle, Träume und manchmal auch über den Sinn des Lebens. Kam es zu einem schweigsamen Abend, so war das besprochen. Für Jakob Einfinger war das eine Wohltat, denn viele alte Vorstellungen, was ein Mann nicht alles sein und tun muss, konnten mit dem Hinweis einer Neuorientierung beiseitegeschoben werden. Und nicht selten machte er von diesem Argument Gebrauch, wenn es ihm zu eng oder gar zu anstrengend wurde. Das Gespräch darüber war ihm ein Leichtes.

Das erste Jahr schmolz in Intimität und diskursivem Eifer dahin, nahezu jeder Tag fühlte sich anders an. Ein Zusammentreffen bis weit in die Morgenstunden war keinesfalls nur an das Wochenende gebunden, genauso wenig war die Arbeit nur dem Wochentag vorbehalten. Dieser Widerstand gegen jegliche Form von Struktur verlangsamte gleichsam das Aufkommen eines Alltagsgefühls, doch als die Jahreszeiten durchschritten waren, konnte nichts mehr die

Beziehung vor der Routine bewahren. Dem gemächlichen Beamten Jakob Einfinger war dies gar nicht mal so unrecht, auch wenn er wusste, dass die Routine ebenso eine Ernsthaftigkeit mit sich brachte, die nur eines bedeuten konnte, nämlich die Auseinandersetzung mit jenem sozialen Umfeld, das tiefgreifend prägend und nur wenig beeinflussbar war: die Familie.

An jenen beiden Tagen, als zuerst Ruth seine Familie und darauffolgend er die ihrige kennenlernte, selbst da reflektierten sie in beiden Nächten über das Gesehene mit Weißwein und Leberkäse. Die Gedanken an jene Epoche seiner Biografie tragen für Jakob Einfinger bis heute eine gewisse Anstrengung in sich, wobei er zur damaligen Zeit nur selten ein Gefühl der Anspannung wahrnahm. Ganz im Gegenteil: die letzten großen Brocken einer Selbstunsicherheit wurden in diesen Jahren wie in einer therapeutischen Sitzung ins Licht der Aufmerksamkeit gezogen, unter die Lampe der emotionalen Aufarbeitung gehalten und im Detail studiert. Nicht immer zur Freude, doch jedenfalls mit nachhaltigem Nutzen für das Verständnis eines selbst.

Dem anfänglichen Unwohlsein Ruths, plötzlich und wie aus dem Nichts mit sozialistischen Argumenten beworfen zu werden, wurde schon bald ein anerkennendes und respektvolles Nicken entgegengehalten. Das neue Familienmitglied Jakob Einfinger hingegen wusste mit unverfänglichen Themen die despektierliche Stille zu entkräften. So die Situation auflösend gestaltete sich das Annähern an den familiären Standpunkt zunehmend unspektakulär, und dementsprechend entspannt durfte das junge Paar, nun in den elterlichen Welten des anderen angekommen, ihr gemeinsames Leben in voller Anerkennung genießen. Weder die familiäre Sphäre in Wien noch jene in Graz wollten dem Paar weitere Verpflichtungen aufbürden.

Jakob Einfinger und insgeheim auch Ruth waren über diese unerwartete, aber konfliktfreie Fügung glücklich, auch wenn sie beide dies, ganz der Gesellschaftsrevolution verschrieben, niemals zugegeben hätten. Ein Konflikt mit den Eltern der Liebe wegen war – im Verständnis einer Revolution gegen das System und die Erhalter des Systems – doch geradezu erstrebenswert. Vielleicht ahnten Ruths Eltern die Gefahr und blieben deswegen nüchtern erfreut. Vielleicht aber war es auch einfach die Angst, etwas Schlimmeres könnte kommen. Wenn Jakob Einfinger schon ein Sozialist war, so wenigstens einer mit akademischem Abschluss aus Graz.

Und die schwiegerelterliche Befürchtung war durchaus richtiger als gedacht: Ruth neigte schon früh dazu, in den Untiefen der Kunstgeschichte verloren zu gehen und dabei ließen ihre Prüfungsscheine immer länger auf sich warten. Mit Jakob Einfinger wurde eine Konsequenz für die nun in einer Partnerschaft befindliche Ruth nachvollziehbarer, um fokussiert auf Prüfungsinhalte hin zu arbeiten. Darüber hinaus offenbarte sich ihr mit den neuen Einblicken eine Wahrheit: Ein abgeschlossenes Studium war keineswegs die Fahrkarte in die Wiener Beamtengruft. Sie war lediglich oder vor allem eine Einladung zur Entwicklung eigener Lebensentwürfe.

Ruth erreichte das Ihrige und das erstgesteckte elterliche Ziel, nämlich den Studienabschluss, und so konnten am nahenden Ende dieser Tage in Wien die Kunsthistorikerin Ruth und der Philosoph Jakob Einfinger, neues Mitglied einer konservativen Wiener Familie, auf der Ringstraße flanieren.

7. Kapitel

Jakob Einfinger spürt seine rechte Hüfte. Es ist ein sich ausbreitender Schmerz, der langsam in der Lage ist, in alle Richtungen seines Körpers zu strahlen, um schließlich an einem bestimmten Punkt mit spürbarer Intensität zu verharren. Eigentlich erträglich, aber eindeutig unangenehm. Am Ende wird sich diese innere schmerzverursachende Spannung erst bei einer sitzenden oder liegenden Position lösen, darüber gibt es in seinem Alter keine Zweifel mehr, denn der eigene Körper ist schon längst keine Unbekannte mehr. Ebenso ist er sich sicher, dass die Taschen, die vielen unzähligen Taschen in seinem Arbeitsleben, die er gehalten, getragen, geliebt, gehasst und nur selten abgestellt hat, neben den Akten und wichtigen Dokumenten die Schuld für die zu ertragenden Schmerzen tragen.

Doch was ist schon ein stechender Schmerz, wenn man von Geburt an frei von chronischen Erkrankungen und krebsartigen Auswüchsen sein darf. Eine Seltenheit in seiner Generation, wie der nun sich gesund fühlende Jakob Einfinger, seinen Körper im Geiste ehrend, zu schätzen weiß. Der Dank äußert sich seit Jahren in einem bewussten Essverhalten. Meist bewusst gesund und doch auch manchmal bewusst genießerisch.

Die erste gemeinsame Wohnung des jungen Paares war schnell gefunden, da weder budgetäre Zwänge noch viele Anforderungspunkte einengend wirkten. Irgendwie war es beiden anscheinend unausgesprochen bewusst, Änderungen in ihrer geografischen Existenz anstreben zu wollen. Somit investierten sie nur äußerst wenige Energien und Ressourcen in die wohnliche Perfektion einer Wiener Dachgeschosswohnung, sondern träumten viel lieber von den Weiten der Welt.

Die Veränderung ergab sich, ohne die gut etablierte Tradition einer Tasse Kaffee oder eines zielgerichtet-freundlichen Telefongesprächs. Einfach so, von einer Sekunde auf die andere. Eine interne Depesche, abgegriffen und deutlich von mehreren Händen gewendet, erreichte den strebsamen Jakob Einfinger in seinem ministeriellen Büro. In wenigen Zeilen wurde im Rundschreiben nach einem Interessenten gesucht, der sich bereit erklärte, für die österreichische Vertretung bei den Vereinten Nationen in New York tätig zu werden. Ganz klar war diese Nachricht an Vertraute, eigentlich nur an Genossinnen und Genossen adressiert. und damit war es mehr als ersichtlich, dass neben administrativen Aufgaben vor Ort die interne politische Bildung eines Informationskanals angedacht worden war. Keine Aufgabe schien Jakob Einfinger zu diesem weltpolitischen Zeitpunkt passender. Die Vorstellung von einer Tätigkeit, die mit dem geflügelten Wort der Vereinten Nationen in Verbindung gebracht werden konnte, war grenzenlos. Die globale Idee von einer gemeinsamen Welt entfachte ein Feuer, wodurch sich zuerst die Glieder und folgend die Gedanken zu erwärmen begannen. So wählte der junge Mitarbeiter eines politischen Büros des österreichischen Justizministers die angegebene Nummer. Nur wenig verwunderlich: Es handelte es sich bei der Nummer um einen Mitarbeiter im Kanzleramt, der diese und viele andere interne Personalaufgaben zu bearbeiten hatte. Jakob Einfinger erklärte einer Vorzimmerdame sein Anliegen, freundschaftlich und scherzend, um sich ehestmöglich einen Termin bei dem Kollegen zu sichern. Bereits zwei Stunden später war dieses Anliegen erfolgreich umgesetzt und der eloquente Jungakademiker Jakob Einfinger befand sich, zum ersten und letzten Mal in seinem Leben, im Bundeskanzleramt.

Durch das Hauptportal schreitend, die atemberaubenden Stiegen nach oben steigend, konnte der beeindruckte Grazer Emigrant einen ausgiebigen Blick in das berühmte Pressefoyer erhaschen, bevor er die andere Seite einschlagend in die Hinterräume abbiegen musste. Enge Gänge durchwandelnd kam der bis dahin vollkommen ahnungslose, aber dem plötzlichen Angebot verfallene Jakob Einfinger schließlich in das unscheinbare Arbeitszimmer eines Genossen, der ihm sofort Sessel, Kaffee und seinen Vornamen anbot. Jakob Einfinger nahm das Angebot an und brachte gleich die Anmerkung, zum ersten Mal im Amt der Ämter zugegen zu sein, mit einem Lächeln vor, sodass die Sympathie sich aufbauen konnte. Bereits in den ersten Minuten brach das ohnehin hauchdünne Eis, man lachte über die Großen der Partei – nicht ohne dabei das obligatorische Lob für die Politik auszusprechen – und merkte die Wichtigkeit des Arbeiters als Stütze der sozialistischen Bewegung an. Beinahe hätte diese Szene, so der sich erinnernde politische Profiteur Jakob Einfinger selbstkritisch, wohl kaum grotesker sein können, bedenkt er die Tatsache, dass exklusive Zigarettendämpfe aus schönstem Zwirn in das Ambiente kaiserlicher Pracht dringen. Überparteiliche Gemeinsamkeiten der beiden Herren fand man rasch, war doch der Mitarbeiter des Kanzlers ebenso wenig wie Jakob Einfinger Jurist und die Darstellung von Antipathie gegenüber gewissen konservativ-katholischen Aktivistinnen jener Zeit tat gut, in Zweisamkeit artikuliert zu werden. Beide positionierten sich als sozialistische Figuren metaphysischer Prägung, tief verwurzelt, gut informiert und doch fremd im eigenen System der permanenten Politisierung des Alltags. Dies schien am Ende die Sympathie zu befeuern, war es doch beiden ein Anliegen, die eigene Rolle im Geiste frei und doch in der Argumentation kritisch erscheinen zu lassen.

In der Tat entsprach das Tätigkeitsprofil, das in der Depesche angedeutet worden war, den Erwartungen. Innerhalb der österreichischen Vertretung bei den Vereinten Nationen werde ein Genosse benötigt, der neben den offiziellen Einschätzungen eine zweite, interne Meinung abgeben könne sowie politische Hintergründe beleuchten – die sozialistische Bewegung war schließlich eine internationale Bewegung – und dabei für Genossinnen und Genossen als Ansprechpartner fungieren werde. Freilich sei man in dieser Position im Hintergrund tätig und keinesfalls unmittelbar zu sehen. Ebenso wenig sollte der Eindruck einer Demontage bestehender diplomatischer Mitarbeiter entstehen, weswegen gerade jemand ohne diplomatischen Hintergrund gesucht werde. Der vor Aufregung schon nach Luft schnappende Jakob Einfinger erfüllte das Profil gänzlich und der Mitarbeiter des Kanzlers war sichtlich erleichtert, als er im Gespräch den jungen Sozialisten zunehmend besser einzuschätzen lernte. Man beendete die Zusammenkunft, ohne den Kaffee durch die Sekretärin je erhalten zu haben – vielleicht war die Vorzimmerdame im unübersichtlichen Gewirr der Gänge verloren gegangen – und entschied sich, in den kommenden Tagen weitere Details zu besprechen. Der nun mit überraschend neuen Perspektiven ausgestattete Jakob Einfinger verließ, gut gelaunt und durch das Erlebte beinahe in einer surrealen Stimmung, das Bundeskanzleramt, um zum ersten Mal in seinem Leben nachmittags für einen Weißwein im Landtmann einzukehren. Er bestellte einen heimischen Muskateller: fruchtig, lieblich, frisch und doch klassisch. Das Leben war ein Genuss, sowie der sich auf der trockenen Zunge ausbreitende Film steirischer Fruchtreife.

Ohne viel Aufsehen legte Jakob Einfinger das Erlebte gegenüber Ruth auf den Tisch. Sie war von den Plänen begeistert, nicht nur wegen der Aussicht nun auch geografisch die Möglichkeit zu besitzen, ein vollkommen anderes Leben zu führen. Dies war insbesondere dem immer deutlicher spürbar werdenden Mief in der Stadt geschuldet, dem sie schon seit Monaten überdrüssig war. Sie erstickte nahezu täglich am Wiener Dunst, den sie ihr ganzen Leben inhalieren musste. Ähnlich einer schlechtbelüfteten Küche in einem klassischen Beisl waren es die für viele köstlich anmutenden Schnitzeldämpfe und Süßspeisenaromen, die sie nicht mehr ertragen konnte. Es war dieses ewig gleiche Spiel, ob im studentischen oder bürgerlichen Milieu, dass sich um das Neue in der Kultur zu drehen suchte. Jeder wusste von einem noch besseren, noch tabuloseren Stück zu berichten, hatte den wahren Dirigenten entdeckt und konnte Musikproduktionen gänzlich konträr gedruckter Rezensionen einschätzen. Es strengte an. Es strengte Ruth bei weitem mehr an als Jakob Einfinger und sorgte zunehmend für eine aufkommende mieselsüchtige Laune.

Schockierend unkompliziert wurde die Entscheidung für den Umzug und die weiteren Schritte in Angriff genommen. In der Tat meldete sich den Erwartungen entsprechend jener Genosse, der sich im höchsten Dienst in der Zuständigkeit des Bundeskanzlers befand, um Jakob Einfinger die freudige Nachricht in einem hörbar genussvollen Akzent kundzutun: Ja, man habe sich für ihn entschieden.

Ganz offensichtlich wurden mehrere Vertraute in den vergangenen Tagen um Auskünfte bemüht, um über den Mitarbeiter des Justizministers ausreichend verlässliche Informationen einzuholen. Das durchaus getrübte Verhältnis zwischen dem Kanzler und seinem Minister war ein offenes Geheimnis, umso kritischer war man einem Mitarbeiter aus dessen Kabinett gegenüber. Doch die Einfingerischen Netzwerkbemühungen schienen Früchte zu tragen und das informelle Getuschel blieb von positiver und konstruktiver Stimmung getragen. Und an seiner Herkunft gab es ohnehin keinen Makel; ein Arbeiterkind eben mit engagierten sozialistischen Eltern.

„Das wäre heute undenkbar", flüstert Jakob Einfinger. Jahrzehnte später und mit leichtem Lächeln kann er nur den Kopf schütteln. Erneut rückt ihm der gnädige Zufall des Moments ins Bewusstsein, nicht ohne ein wenig schamhafte Hitze in seinem Körper wahrnehmen zu können. Wie wunderbar es doch eigentlich war, wie einfach.

Tatsächlich war die Entscheidung auf höchster Ebene gefallen und weitere Behelligungen anderer Gremien, Minister oder gar parlamentarischer Vertretungen unnötig. Als Jakob Einfinger den erhofften Anruf aus dem Kanzleramt annahm, war bereits alles geklärt. Für weiterführende Besprechungen solle er sich doch gleich am nächsten Morgen erneut im Bundeskanzleramt am Ballhausplatz einfinden.

Jakob Einfinger überbrachte nur Minuten später seinem Büroleiter die freudige Nachricht, nicht ohne dabei mit einem mulmigen Gefühl im Bauch dessen Arbeitszimmer betreten zu haben. „Alles hinter seinem Rücken", war das Gefühl, als er die ersten Worte aussprach. Am Ende seiner langen Ausführungen zu den Gründen, aber ebenso zu den wunderbaren Erfahrungen, die er hier machen durfte, schien sein Vorgesetzter nur wenig überrascht, etwas betroffen, aber doch freudig. Die Weiterentwicklung von einem politischen Büro hin zu einer Stelle mit Freiheiten sei das Normalste der Welt, war sich der langjährige Vorgesetzte gewiss, nicht ganz ohne Melancholie, da er anscheinend das eigene Fort- oder Wegkommen verabsäumt hatte. Selten, das gab er zu, passiere es so schnell wie im Falle des jungen Herrn Jakob Einfingers, doch es spreche nur für seine Qualitäten. Damit war das Gespräch beendet, zwar nicht im Guten aber durchaus im Vernünftigen.

Schon am nächsten Morgen trafen sich der Mitarbeiter des Bundeskanzlers und Jakob Einfinger am Ballhausplatz und entschieden sich, statt im dunklen Büro des Prachtgebäudes und angesichts der Gefahr eines nicht eintreffenden Kaffees in ein nahegelegenes Kaffeehaus zu gehen.

Der Morgenstunde verpflichtet bestellten sie einen Verlängerten mit Milch, um ohne Umschweife zur Sache zu kommen. Wie in Watte gepackt umspülten die Informationen Jakob Einfinger. Wie ein Gedicht von Goethe wusste der Kanzleramtsmitarbeiter nicht nur grobe Fakten, sondern auch Details mit melodischer Stimme vorzutragen. Jakob Einfinger war sich damals schon sicher, dass der Mann viele solcher Gespräche führen durfte. Am Ende, der Zeitdruck war das ganze Gespräch hindurch spürbar, war geklärt, dass er dem Bundeskanzleramt personell zugeordnet war, die Vernetzung ebenso mit dem Amt und dessen Mitarbeitern zu erfolgen hatte und die finanzielle Komponente sich aufgrund der neuen Dimension der Aufgabe ändern werde. Der Leiter der österreichischen Vertretung in New York werde sofort informiert und sein Umzug könne binnen der kommenden Tage stattfinden. Die Formalitäten seien heute Nachmittag bereits abgeschlossen.

Mit dem berühmten Abschluss: „Noch Fragen?", war das Gespräch beendet. Durchgängig verständnisvoll nickend verneinte Jakob Einfinger die Frage selbstverständlich und schüttelte milde seinen Kopf, um mit einem einnehmenden Grinsen die Klarheit zum Ausdruck zu bringen . Der Mitarbeiter des Bundeskanzlers goutierte dies mit einem Lachen und einem zuversichtlichen Blick, der erneut auszusagen schien, den Richtigen für die Aufgabe gefunden zu haben. Beide wussten sehr wohl, dass es noch viele Fragen gab, die zu klären notwendig gewesen wären, doch sie müsse nun der baldige Auslandsösterreicher Jakob Einfinger selbst zu beantworten suchen, ohne eine wichtige Person wie den Mitarbeiter des Bundeskanzler zu behelligen. Informell natürlich.

Der Schmerz wird schlimmer. Konstant stechend strahlt er von der Hüfte in den Oberschenkel aus. „Vielleicht ein Anzeichen für das Fehlen von Vitaminen", erklärt sich Jakob Einfinger seinen Zustand. Die 14. Straße erreichend ist diese Feststellung nicht ganz von einer geografischen Inspiration zu entkoppeln, denn nur wenige Blocks entfernt wartet das nachhaltige Sortiment eines begehrten Bioladens. Bereits in der Sekunde der vermuteten Mangelerscheinung war der Gedanke nach einem vitaminreichen Nachschub aufgekommen und der Arbeitsweg bereits adaptiert, um dem Körper die Notwendigkeit bieten zu können. Diese Minuten für die Gesundheit dürfen nicht ausgespart werden, so ist sich der ohnehin arbeitsrechtlich viel zu spät kommende Jakob Einfinger sicher.

Am Biolebensmittelladen „Garden of Eden" vorbeischreitend erkennt Jakob Einfinger bereits die frappierende Breite des Union Squares. Wie Berge ummauern Hochhäuser den Platz, der unterirdisch nicht nur eine Drehschreibe für den öffentlichen Verkehr beheimatet, sondern gleichsam an der Oberfläche einen Punkt in den horizontalen Linien Manhattans bildet. In der Mitte zwischen Wall Street und dem südlichen Teil des Central Parks liegend, bildet der Platz einen strategisch unverzichtbaren Ausgangspunkt für Verabredungen und das soziale

Leben der Stadt, wobei er für viele seiner Gäste gleichsam flott durchschritten wie schnell vergessen sein möchte.

Frisch in New York angekommen sollte es der Union Square sein, der über Jahre hinweg der Schwerpunkt im Leben Jakob Einfingers war. Ein Mittelpunkt für die anfänglich schwerfallende Orientierung, für das Nachtleben, das sich nur unweit von diesem Platz entfernt abspielt, und für die Ausgangsbasis wohnlicher Entfaltungsmöglichkeiten. Der Platz ist bis heute genauso wichtig, wie er ebenso vielen unbekannt ist. Mehr noch: Was für viele bis zum Zweiten Weltkrieg Ellis Island, dürfte Jahrzehnte später der Union Square für Ersteinreisende geworden sein. Ohne jemals wirklich darüber nachgedacht zu haben, vermutet Jakob Einfinger die Erklärung in den vielen U-Bahnlinien, die an diesem Platz aus den dunklen Tiefen gleitend haltmachen, um den mitgeführten Menschen neue Wegrichtungen zu bieten oder das Auftauchen in die luftumspülte Welt zu ermöglichen. Diese Überzeugung wird wahrhaftiger, je näher sich Jakob Einfinger an den Platz heranwagt. Die vielen Menschen, die Köpfe nach oben richtend, staunend, und mit Kameras bewaffnet, um erste Eindrücke aufzunehmen, scheinen ihm als Beweis auszureichen. Die Wärme umgibt den Platz ebenso wie die geballte Ehrlichkeit der Stadt. Menschen singen, tanzen und gaukeln für die Chance auf einen Dollar. Andere wieder sitzen nur da, mit einem beschrifteten Schild, das ihre Lebenssituation darstellt oder zu erklären versucht. Auch hier lebt die Hoffnung auf ein paar wenige Gnadengaben. Der Park in der Mitte ist gleichsam überbevölkert wie strapaziert. Das sichere New York kann die Bewohner nicht mehr davon abbringen, grüne Inseln für sich zu beanspruchen, sie unter ihren Gesäßen platt zu walzen und private Angelegenheiten zu regeln. Es wird liegend entspannt, geschlafen, gepicknickt, diskutiert, Sport getrieben oder einfach nur ausgiebig oder hastig gegessen. Immer wiederkehrend jedoch das Bild von Menschen, die etwas zu sich nehmen. Sich Essen schnappen und es irgendwo verschlingen, auch das war etwas Neues für den gemütlichen Österreicher Jakob Einfinger.

Eine ältere Dame kreuzt seinen Weg. Sie trägt eine Plastikschale in der Hand, gefüllt mit Reis und gebratenem Gemüse. Mit einer weißen Plastikgabel versehen beginnt sie, die ersten Happen in sich hineinzuschaufeln, teils elegant, aber sichtlich bestrebt, schnellen Schrittes einen freien Platz am Union Square zu ergattern. Wenn schon keinen Tisch beim Essen, so doch eine Sitzmöglichkeit. Mehr muss es doch gar nicht sein; mehr darf man sich doch gar nicht erhoffen. Als sie endlich einen verwitterten Metallstuhl gefunden hat, rückt sie ihn mit festem Griff zurecht. Ihr Blick schweift umher, ohne an einer Person haften zu bleiben, vielmehr fokussiert sie den Schwarm an Menschen, bis sie sich endlich in den Sessel zu schwingen wagt. Diese unscheinbare Dame, die ohne weiteres in Graz mit einer mitfahrenden Pensionistin auf einer Kaffeefahrt verwechselt werden könnte, bleibt Herrin ihrer Situation mit sichtbarer Strenge und rastlosem Blick. Sie hat weder Zeit für den Genuss ihres Mittagessens noch den Willen, ihrer Umgebung ein freundliches Gesicht zu schenken. Ununterbrochen wird das Gericht, zweifellos eine der gesunden Alternativen aus einem der überteuerten Restaurants der Gegend, mit koordinierter Leichtigkeit verspeist. Plötzlich und ruckartig schnellt zuerst das rechte, dann das linke Bein nach vorne, um herannahende Tauben auf Abstand zu halten. Ab und an können auch vorbeitrabende Hunde mit dieser Bewegung zu einem Seitenwechsel bewogen werden. Auch dies scheint nicht ungewollt zu sein. Erst jetzt fällt dem Flaneur Jakob Einfinger die hagere Körperform und das ausgemergelte Gesicht auf: Hart in den Konturen wirkt die Gesichtshaut strapaziert, jedoch matt gepflegt. Kein öliger Glanz, keine fleckigen Markierungen sind aus der Ferne zu entdecken. Eindeutige Zeichen für Wohlstand. Das satte Schwarz wirkt frisch und gut gepflegt. Der Schnitt modern, wobei bewusst jegliche Markenzeichen im Verborgenen liegen. Ihre Achtsamkeit gegenüber der eigenen Erscheinung ist eindeutig. Das Gesamtbild verrät in keiner Weise, ob noch einer Arbeit nachgegangen wird oder der Ruhestand ein gemütliches Leben ermöglicht. Glücklicherweise scheint aber genau diese Frage in dieser Stadt belanglos. Man hat immer etwas zu tun und ob man dafür Geld bekommt oder nicht, ist in der eigenen Wahrnehmung nur dann wichtig, wenn zu wenig finanzielle Mittel vorhanden sind. Sobald Wohnung, Telefon und ein Essen in dieser schnelllebigen und kostspieligen Stadt bezahlt werden können, hat man den existenziellen Sockel des Wohlstandes erklommen. Alles weitere wäre Übermaß.

8. Kapitel

Der Umzug war ebenso schnell geplant, wie die Formalitäten geklärt worden waren. Im diplomatischen Dienst, ohne dass Jakob Einfinger es gewusst hat, unterlagen sowohl rechtliche als auch finanzielle Rahmenbedingungen einem klaren Prozedere. Das junge Glück musste lediglich eine emotionale Hürde nehmen: Zwar war die organisierte Form des Zusammenlebens, wie es Ruth immer gern beschrieb, ausreichend, aber eine geheiligte Form des Gemeinsamen brächte Vorteile: Sie wäre schlicht bequemer.

Vielleicht war es dem Ambiente des Außenministeriums geschuldet, eventuell auch der nüchternen Sprache des Beamten, jedoch durchbrach der mit seinem Vorstoß im Rahmen eines detaillierten Kaffeetermins die Blockade einer Heirat, denn die genannten pragmatischen Gründe fügten sich ideal einer feministischen Sperre, weswegen sie spielend überwunden werden konnte, ohne nennenswerte Gegenoffensive. Im Gegenteil, Ruth schien der Vorstellung, das Konstrukt der Ehe einer zweckmäßigen und gänzlich weltlichen Verwendung zu unterwerfen, etwas abgewinnen zu können. Überrascht von der effizienten Kooperationsbereitschaft konnte Jakob Einfinger erneut keine Fragen ins Treffen führen, denn in der Tat erleichterte die Ehe vieles.

Am Ende des Gespräches, das nur eine Woche nach der eigentlichen Entscheidungsfindung stattgefunden hatte, waren sowohl die administrative Neuzuteilung als auch die notwendigen internen Formalitäten unterzeichnet sowie die Vereinbarung einer Verehelichung beschlossen. Mehr Veränderungen waren kaum handhabbar, und Jakob Einfinger und seiner zukünftigen Ehegattin Ruth blieben nur wenig Tage, um ihr neues Leben auf dem alten Staatsgebiet zu planen. Man tat, entsprach, funktionierte für das Ziel der Ferne. Für die Loslösung. Für die Idee eines sozialistischen Kosmopoliten und einer in die Ferne reisenden Feministin.

Jakob Einfinger betritt den Bioladen, nachdem er den Union Square ungewollt abgeschritten hat, seinen Bedarf nach Vitaminen gänzlich vergessend. Bereits am Beginn der Gänge durchbrechen ineinander verkeilte Menschenmengen seine Orientierungslosigkeit. Wieder einmal ist er sich nicht sicher – wie so oft bei überteuerten Restaurants dieser Zeit –, ob die adrett wirkenden Mitarbeiter nicht doch Lebensmittel verschenken, statt sie zu verkaufen. Jeder Meter wird einerseits von Suchenden, Schauenden und Hastenden belebt, ein schnelles Durchkommen nahezu unmöglich, andererseits erregen bunte Produktankündigungen die Aufmerksamkeit. Wäre die Gewissheit nicht groß gewesen, man könnte sich im ersten Moment nicht sicher sein, welche Produkte hier zum Kauf stehen. Das Konzept versprach ein Lebensgefühl, wie so viele Konzepte, bei denen das Produkt zur Nebensache wird.

Den ersehnten Orangensaft in den Händen, dem Frischeregal entnommen und trotz horrenden Preises als günstig ausgewiesen, findet sich Jakob Einfinger in der grünen Kassalinie ein. Mehrere Farben sortieren die Menschen schon einige Meter vor der Zahlungsmöglichkeit, um die Kunden – ähnlich den Scheinen im Geldladen – zeitökonomisch zu sortieren. Ein Bildschirm über den Köpfen der Kunden gibt im Gleichklang einer durchaus angenehm tönenden Männerstimme die Nummer der zu frequentierenden Kassa durch. Die Farbe im Hintergrund erklärt, welche Person aus welcher farblich markierten Kassalinie lossprinten darf. Ein nahezu perfektes System mit dem sortierenden Effekt einer Warteschlange, die zwar nur wenige Minuten, aber dennoch einiges an Lebenszeit frisst. Wenn viele Menschen in der Stadt die einkommensunwürdigen Preise kritisieren, so ist es doch gerade die Zeit, die verschwenderisch großzügig investiert werden muss. Überall Warteschlangen, Warteschleifen und Warteräume, denen man nur bedingt erfolgreich mit Büchern oder Mobiltelefonen begegnen kann. Die einzig wahre Währung, so ist sich Jakob Einfinger sicher, die diese Stadt reichlich abverlangt, ist Zeit. Und am Ende ist es auch die einzige Währung, die zählt.

Die Hochzeit war schnell geplant und bereits in den folgenden Tagen vollzogen. Sie war dem Gespräch mit dem Beamten aus dem Auswärtigen Amt gar nicht unähnlich: nüchtern, kurz und ohne eine überflüssige religiöse Note. Beide Familien und einige Freunde, nämlich jene, die ihre Teilnahme an der Zeremonie mit ihrem Gewissen vereinbaren konnten, waren gekommen, um sich anschließend in einem Wiener Heurigen einem freudigen Gelage hinzugeben. Beide Familien trugen eine gewisse Enttäuschung zur Schau, geschuldet dem baldigen Abschied, wussten jedoch mit gutem Spritzwein sich selbst zu kalmieren. Ruths Eltern vermissten die geistliche Komponente, wohingegen Familie Einfinger die geografische Ortsfindung missbilligte. Am Ende war es die berufliche Entwicklung, weswegen tiefergehende Konflikte ausblieben, und beide Familien trotz spürbarer Distanz höflich und freundlich zu feiern wussten. Das Auswärtige Amt konnte gern mit einem Hauch der alten Aristokratie das konservative Ansehen erhöhen, die Nähe zum Kanzler und eine Hochzeit im Roten Wien sozialistisch vermarktet werden. Sobald das Essen aufgetragen war, konnte die Moral ruhen. Mit ausreichend Wein war sogar die Ideologie beiseitegelegt.

Heute ist sich Jakob Einfinger beinahe sicher, dass dieser Tag der einzige war, an dem sich die Familien begegneten. All die folgenden Jahre kam es zu keinem Treffen mehr. Vielleicht waren die Ähnlichkeiten über die Teller gebeugt und in den Gläser versunken zu augenscheinlich, sodass beide Teile verunsichert waren. Eventuell fanden sich schlicht keine Gelegenheiten mehr. Wie dem auch sei, der ausgiebigen Feier tat die unbekannte Zukunft keinen Abbruch.

Das Wort „Eleven" wird mit metallener Klarheit durch den Lautsprecher in den überfüllten Raum geschmettert. Nur noch zwei ältere Damen stehen vor ihm, wie beruhigend. Trotz des weitverbreiteten Konsumverhaltens, sich Produkte noch vor dem Kauf einzuverleiben, widersteht Jakob Einfinger dem Verlangen nach Vitaminen und wartet geduldig auf sein Startzeichen, um nach der Transaktion die Flasche zu öffnen. Ehrlicherweise irritiert ihn nur wenig an der vorgezogenen Konsumation, vielmehr wäre die Unsicherheit, ob er sich das Produkt wirklich leisten könne, zermürbender. Gänzlich dem inneren Arbeiterkind verschrieben, kann nur dann etwas genossen werden, wenn es sich bereits im Eigentum befindet. Und so bleibt, bis die Hürde einer Kassa genommen ist, das Gefühl, etwas eben nicht zu besitzen und damit auch nicht konsumieren zu dürfen. Eine beinahe kindliche Unsicherheit, die doch mehr als gedacht über diesen Menschen auszusagen in der Lage ist. Inmitten der etablierten Persönlichkeiten stehend, unfähig etwas zu tun, dessen Grenzen für andere nicht mal spürbar wären, beschäftigt tiefgreifend. Irritiert über diese Klarheit und noch mehr über die Unmöglichkeit, dagegen vorgehen zu können, hält er Ausschau nach Ablenkung. Sie scheint ihm an diesem Platz nicht vergönnt zu sein. „Gemeinsam stehe ich mit diesem Kind aus der Arbeitersiedlung, kämpfe mit all den Unzulänglichkeiten meiner selbst, ohne das Geringste ausrichten zu können", urteilt Jakob Einfinger, die Saftflasche in seiner Hand drehend, leise über sich selbst.

Plötzlich ging es Schlag auf Schlag: In New York angekommen, war das Gefühl von Freiheit noch größer als in den ersten Tagen in Wien. Fern der heimischen Politik, fern der Familie und schließlich fern den Erwartungen. Der junge Ehegatte Jakob Einfinger fühlte sich mit seiner Frau Ruth wohl und befreit. Sie atmeten auf in dieser pulsierenden, aber doch auch kriminellen Stadt am östlichen Rand der Vereinigten Staaten. Beide empfanden Neugier für das Kommende und

Genugtuung über das Geschaffte. Sie waren zufrieden mit ihrer Entscheidung und im Reinen mit dem Erlebten.

Die erste Wohnung bezogen sie in einem alten Zinshaus in Soho, Ecke Bowery und Houston Street. Dem jungen Glück stand ein verschwenderisch großes Apartment im zweiten Stock zur Verfügung, das Dank der Botschaft schnell und zu einem vertretbaren Preis gefunden worden war. Die Gegend war im Wandel begriffen, das arbeitsreiche Chinatown lockte mit billigen Einkaufsmöglichkeiten, das zu erreichende Finanz- und Regierungsviertel bot die Möglichkeit, zu flanieren, und jegliche Expeditionen Richtung Norden konnten nur lohnend enden. Jakob Einfinger und die Ehegattin Ruth waren zufrieden und dies nicht nur in den ersten Tagen. Das bis dahin unbekannte Manhattan nahm sie beide mit offenen Armen auf. Das Wetter war schön, der Frühling begann die wenigen nicht asphaltierten Gräben neben den Straßen in saftiges Grün zu verwandeln. Jeglicher Straßenunrat wurde ausgeblendet, jedwede Armut ignoriert. Die Luft war frisch, permanent einer Meeresbrise gleich und damit tiefergehender als die städtischen Abgase von Wien. Gleichsam großzügig war die heitere Sonne, die ihnen den Glanz der Stadt in voller Pracht täglich zum Geschenk machte. Jeglicher Moment wurde in den Häuserschluchten, in Cafés und Restaurants genossen, ohne die Augen vom Schönen abzuwenden. Die Theater amüsierten, die Museen beeindruckten und alle Sehenswürdigkeiten wurden auf einer Liste sorgfältig notiert, sodass die ersten Momente in Manhattan einem Urlaub gleichkamen, denn alle wurden nacheinander aufgesucht. Nichts, aber auch gar nichts durfte ausgelassen werden, als drohte die Heimorder.

Erst nach den ereignisreichen ersten Tagen widmete man sich der Wohnung. Die sich offenbarende räumliche Qualität ihres neuen und gemeinsamen Zuhauses war atemberaubend: hohe Räume, Holzböden, Fenster in einen ruhigen Innenhof und eine funktionierende Küche machten den Einstand zu einem Vergnügen, gegen alle bis dahin gehegten Befürchtungen. Das Ehepaar blühte auf, wegen der Aneinanderreihung glücklicher Momente, die ihnen hier ohne Müh und Aufwand zuteil wurden.

Jakob Einfinger kann sich an diese Zeit gut erinnern. Erneut muss er schmunzeln, nachdem er sich eingestanden hat, in der Gegend, in der sie damals angekommen waren, schon seit Jahren nicht mehr gewesen zu sein. Doch gerade jene Wohnung, jenes Umfeld, steht weitaus mehr als viele andere

Orte seines Lebens für seine Erinnerungen, für eine glückliche Zeit voller Aufregung. Für eine Zeit, die es so nur einmal geben konnte.

Neben dem Ankommen, das dem neuen Mitarbeiter der österreichischen Vertretung bei den Vereinten Nationen als zweiwöchige Sondierung gegönnt worden war, bevor er das erste Mal zum Dienst erscheinen musste, war vor allem das sich notwendig machende Schmieden neuer Verbindungen in dieser ihm doch unbekannten Welt eine dringende Aufgabe. Jakob Einfinger war sich zu Beginn vielleicht seines Glücks im Leben nicht bewusst, sehr wohl aber der Tatsache, dass er heimische Allianzen ebenso notwendig benötigte wie Freundschaften.

Das zur Perfektion gebrachte Zeremoniell des Kaffeetrinkens konnte er nur bedingt als probates Mittel der Kommunikation einsetzen. Andere Stadt, andere Menschen, andere Gepflogenheiten. Mit wenigen Adressen ausgestattet erkannte Jakob Einfinger, dass in der Tat und zur damaligen Zeit ein anderes Format günstiger war. Ein Format, das auch seine Frau umfasste und durchaus mehr Aufwand bedeutete, doch ein durchaus erfolgsversprechendes zu sein schien. Mag es der Entfernung zur Heimat oder einfach der Wohltat, im Dialekt mit anderen sprechen zu können, geschuldet sein, doch das gemeinsame Abendessen subsumierte zur damaligen Zeit und am damaligen Ort den österreichischen Zweckkaffee. Und so geschah es ziemlich bald, den Bedürfnissen seiner zukünftigen Freunde auf die Schliche kommend, dass man erste Einladungen annahm, die in langen Abenden voller Hingabe für neue Gerüchte und schockierende Belanglosigkeiten aus der Heimat endeten, wobei am Ende niemals mit dem solidarischen Ausschank alkoholischer Köstlichkeiten aus den jeweiligen Heimatregionen gespart wurde. Jakob Einfinger begann sich äußerst schnell in seiner neuen Rolle wohlzufühlen, gleichsam seine Gattin Ruth, denn neben essenziellen Allianzen wurden interne Details über New Yorker Gegebenheiten ausgetauscht. Beide waren – trotz reichhaltiger Weingaben – bis tief in die Nächte in der Lage, kleinste Anspielungen und Hinweise aufzunehmen und im Privaten gemeinsam zu analysieren. Das Spiel um die Adressen der besten Restaurants, wahrer Kunstdarbietungen und zu meidender Tiefen konnte nirgends so hingebungsvoll zelebriert werden wie in dieser Stadt. Anfangs war die Überforderung groß, doch schon bald konnten namentliche Kurzformen den Langformen zugeordnet, die Stadtteile unterschieden und Spitznamen dechiffriert werden. Nicht selten kamen dabei die Probleme der Stadt zur Sprache, wobei später geläufige Namen wie Ed Koch oder

Fat Tony damals noch nichtssagend waren. Vielmehr blieb hängen, wie einflussreich die Mafia sein werde, Straßenjugendliche zunehmend Probleme verursachen und die neue sexuelle Freiheit nichts außer Lärm und Drogen mit sich bringen würden. Und dabei hatte man die Probleme größeren Ausmaßes noch gar nicht erwähnt. Jakob Einfinger nutzte jede freie Sekunde, um bereits am nächsten Tag seinen Blick zu schärfen und die angesprochenen Missstände zu überprüfen. Viele der Geschichten konnten ohnehin als Passant von der Straße aus wahrgenommen werden, andere wieder fanden durch die gekonnte Beobachtung persönliche Bestätigung. Neben Straßenkids und Drogen waren es vor allem die großen Wohlstandsunterschiede zwischen den Vierteln der Stadt, die ein Staunen nach sich zogen. Relikte vergangener Zeiten, beinahe an das 19. Jahrhundert erinnernd, befanden sich neben innovativen Luxusbauten, wobei der Unterschied zwischen den Menschen, die das eine, und jenen, die das andere Haus betraten, nicht größer sein konnte.

„Nine." Jakob Einfinger weiß um seine Pflicht, die Transaktion schnell und ohne Zeitverlust durchzuführen. Er fühlt sich seiner selbst und den hinter ihn stehenden Massen verpflichtet, das Kaufhaus so schnell wie möglich zu verlassen. Die Dollarnoten in der Hand benötigt die Dame hinter dem engen Kassapult zwar etwas länger als gedacht, doch der Kauf eines Produktes ist mit dem Entreißen der Geldnoten abgeschlossen. Eine Rechnung wäre sinnlos. Der entnervte Blick zum Abschluss macht deutlich, dass sie weder den Job noch die Zahlungsmethode begrüßen würde. Bargeldlose Bezahlung ist einfacher und damit beliebter. Banknoten sind Almosen, selbst, wenn sie für den eigentlichen Zweck genutzt werden. Jakob Einfinger, verärgert über sich selbst, nicht mit Karte bezahlt zu haben, erkennt erneut seine innere Abgeschlagenheit: Geld ist zwar Geld, aber die Handlung der Bezahlung ist keinesfalls nur eine Begleichung von Schuld. Sie ist ein Statement.

Kaum an der frischen Luft angekommen ist es wieder einmal die klare Meeresbrise und die energiespendende Sonne, die Jakob Einfinger ein zufriedenes Lächeln ins Gesicht zaubern. Und wieder einmal ist es ein Lächeln, das aus dem Innersten zu kommen scheint und so manchen Passanten mitten am Union Square zu einer freundlichen Reaktion einlädt.

Der frischgepresste Saft tut gut und erwärmt, trotz starker Säure, jene Bereiche des Körpers, die nicht direkt von der Sonne erreicht werden. Zufrieden setzt Jakob Einfinger seinen Weg in Richtung Norden fort. Die an den Ampeln stehenden Menschenmassen erschrecken ihn dabei nur wenig. Er positioniert sich an den Rand des Zebrastreifens, wohl wissend, von hier einen essenziellen Startvorteil zu besitzen, und wartet auf seine Gelegenheit, die Position zu nutzen. In der Tat, nur wenige Sekunde darauf gibt das gelbe Männchen die Freigabe und Jakob Einfinger nimmt Anlauf, ohne die eigentliche Überquerung zu benutzen. Schräg abfallend manövriert sich der modisch gekleidete Mann von Welt hastig, mit Eleganz und einem Anschein von Zeitnot durch die wartende Automenge, um zehn Meter von der Fußgängermarkierung entfernt auf der anderen Straßenseite anzukommen. Von hier aus ist es nun ein Leichtes, über die in Rundbahnen angelegten Wege schnellstmöglich den Union Square zu durchschreiten. Die wenigen Treppen als breite Front geleiten in den überbevölkerten Park, wo Menschen wie Gräser zu wuchern scheinen.

9. Kapitel

Nach den wenigen Tagen der interkontinentalen Eingewöhnung und entsprechender grundlegender Netzwerkarbeit war Jakob Einfinger nun so vorbereitet, wie er es sich erhofft hatte. Die vielen Dinnereinladungen brachten neben dem Erwerb informellen Wissens über Manhattan die Klarheit mit sich, über vergangene, aktuelle, wahrhaftige und manch dubiose Gerüchte in beste Kenntnis versetzt worden zu sein. Es war beinahe so, als kenne er bereits alle Personen in der österreichischen UN-Vertretung und wäre mit ausreichend erarbeiteten Psychogrammen ausgestattet, um erste Schritte auf dem internationalen Parkett wagen zu dürfen. Darüber hinaus konnte er mit dem Einwerfen von Begriffen und Namen Spannseile knüpfen, die notwendig waren, um tragfähige Brücken zu bauen.

Am ersten Tag in den Büroräumen der Ständigen Vertretung Österreichs bei den Vereinten Nationen erwartete der Beamte Jakob Einfinger voller Neugier seine neue Tätigkeitswelt. Noch bevor er die Gesichter seiner inneren Landkarte den Gerüchten zugeordnet hatte, stellte sich eine Person nach der anderen vor. Schnell war ihm klar, auch er war kein Reisender aus einem unbekannten Land. Die Schleusen zu informellen Kenntniskanälen wurden nicht nur von ihm gesucht und geöffnet, sondern ebenso von seinen neuen Kollegen. Dies war nur wenig überraschend, ebenso wenig verwunderlich waren die Details zu seiner Person, die eine maßlose Über- oder Untertreibung darstellten. Jedenfalls konnte Jakob Einfinger auf ein tiefgeschürftes, aber auch herzlich kompetentes Dossier aufbauen.

Und so war der Einstand freundlich, seine Biografie gab anscheinend wenig Anlass zur Besorgnis und die freundschaftliche Einschätzung des Genossen in Wien war treffend: Die fehlende diplomatische Ausbildung machte Jakob Einfinger zu einem Fremden im System, der keine Gefahr darstellen könne.

Nach nur einer Stunde mit Gesprächen über Wohnungen, New York an sich und ersten privaten Details öffnete sich die Tür des Besprechungszimmers und der Vorgesetzte, der ständige Vertreter, bat den doch nervös wirkenden Neuankömmling zu sich.

Nikolaus Streuber war nicht nur ein ständiger Vertreter, sondern ebenso ein Vertreter längst vergangener Zeiten. Mit Ende Fünfzig konnte er in seiner Erfahrungswelt nicht nur auf zwei Weltkriege zurückgreifen, sondern auch auf eine in dieser Form nie dagewesene Erziehung und Sozialisation von aristokratischer Eleganz verweisen. Er war die

Höflichkeit und Diplomatie in Person, die Weitsicht, Vorsicht und Disziplin in sich vereinigte.

Nikolaus Streuber bot Jakob Einfinger einen Sessel an, gleichsam folgte ein Kaffee mit Wasser. Streubers Stimme war unaufdringlich, weich und von schweren Gedanken getragen. Nichts schien ihm zu passieren, allem Gesagten lag ein gut abgewogener Gedanke zugrunde gelegt. Und so war es eine der beeindruckendsten Konversationen, die Jakob Einfinger in seinem Leben führen durfte. Und die Jahre sollten dieser Aussicht keine Mattheit versetzen, denn Streuber blieb zeitlebens eine jener Personen, von denen man am meisten lernen konnte, wenn man es nur wollte.

Der Botschafter wusste mit beeindruckender Präzision die Hintergründe und die Mission seines neuen Mitarbeiters ohne Zweifel und ohne auch nur eine Andeutung für die gemeinte Partei zu verlieren, auf den Punkt zu bringen. Er verpackte dies in eine honorige Ehrlichkeit, gepaart mit würdevoller Wertschätzung, indem er von jener Notwendigkeit sprach, die sich in einer Demokratie für große Bewegungen ergebe. Er nannte es die Pflicht wertegebundener und humanistisch politischer Bewegungen, das Gesamte des Menschen mit Verantwortung im Blick zu haben, um nicht nur eine bessere Zukunft zu entwerfen, sondern ebenso jenen Parteien, die sich an den Rändern radikaler

Ideologien befinden, begegnen zu können. Dies mag vielen unnötig teuer anmuten, wäre doch oftmals das scheinbar Einfache so nah. Doch gerade er als Botschafter, der sich über Jahrzehnte am Bankett der transkontinentalen Ereignisse befunden hatte, weiß, die Welt war nie einfach und sie wird es auch ganz sicherlich nicht werden. Mit Bescheidenheit ausgestattet waren es lediglich Vermutungen, die man über die biografischen Hintergründe des Botschafters anstellen konnte. Regionale Kommentare zu Südamerika, bildliche Anekdoten zu Afrika und Verweise auf asiatische Ursprünge machten jede kulturelle Fremdbestimmung unmöglich. Nur ein aufmerksamer Zuhörer konnte die regionalen Farben wahrnehmen, denn nichts fand eine plumpe oder gar zur Schau stellende Arroganz. Dezent, aber sicher im Wort wurde ein Bild entworfen, das einem Kunstwerk gleichkam.

Jakob Einfinger war beeindruckt und sich sicher, hier einen wahren Demokraten und Kämpfer für Menschenrechte gefunden zu haben. Zwei Themen, die der Botschafter im einstündigen Erstgespräch immer wieder erwähnte, ohne dabei die Rolle des neuen Mitarbeiters gering zu schätzen. „Die Kontrolle der Funktionen ist unablässig, um dem Wahnsinn Einhalt zu gebieten", resümierte er. Der sich ganz klein vorkommende Jakob Einfinger nickte und wusste, dass damit seine Rolle, die des

Verbindungsmannes ins Bundeskanzleramt, weder ein Geheimnis noch eine Irritation war. Ganz im Gegenteil, sie war etwas Positives.

Obwohl Nikolaus Streuber sicherlich dem konservativen Milieu zuzuordnen war, hatte er in seinem Konzept der Welt, wie sie sich nach dem Zweiten Weltkrieg zu formieren begann, durchaus auf liberale und philanthropische Ansätze zurückgreifen können. So wusste der Botschafter um die Wichtigkeit der Emanzipation von Arbeitern, der Frauen, ja sogar der Homosexuellen. Er erkannte die schreckliche Schieflage finanzieller Ressourcen, die frappierende Notlage armer Menschen und die katastrophalen Auswirkungen von Umweltsünden in dieser Welt. Er war belesen und gleichsam in permanenter Korrespondenz mit Kolleginnen und Kollegen weltweit. Da spielte die Religion, das Geschlecht oder gar die Nationalität keine Rolle. Der Vorwurf, der durchaus von einigen in der bürokratischen Tiefebene der Ständigen Vertretung regelmäßig aufzukommen schien, er führe mit diktatorischen Systemen Gespräche, war angesichts der Logik, Diplomatie vor die kriegerische Intervention zu setzen, nicht nur schlüssig, sondern auch richtig, da ist sich Jakob Einfinger heute noch sicher. Daraus ergab sich eben kein Widerspruch zu Streubers beeindruckender Ablehnung radikal-politischer Strömungen, ebenso wenig wie zu einer kaiserlichen Nostalgie, die sich ein altes und die Weltpolitik mitbestimmendes Österreich wünschte. Des Botschafters Positionen waren damit vor allem differenziert und mit einem Satz nicht darstellbar. Nichts konnte kurz oder mit Hast argumentiert werden, da er richtigerweise die Komplexität einer zunehmend globalisierten Welt zu verstehen schien. Sein Credo – allzu weltlich wie simpel – „Selbst ein Dorf, das nur aus zwei Bewohnern besteht, weist mehr als eine Meinung auf" war eindringlich. Dies traf die Wahrheit im Kern und kam dem Verständnis von Politik, so wie es der politische Kopf Jakob Einfinger in seiner studentischen Naivität zu argumentieren pflegte, sehr nahe.

Am Ende des Gesprächs – nachdem viele höfliche Interessensfragen von beiden mit einem Lächeln beantwortet worden waren – konnte nicht nur die Sympathie für den anderen begreiflich, sondern ebenso die Transparenz für die Notwendigkeit ihres beruflichen Daseins vermitteln werden.

Damit war der Einstieg geschafft. Die Zusammenarbeit beruhte von der ersten Minute an auf Respekt, Anerkennung und Fairness. Jakob Einfinger bekam von Beginn an Aufgaben anvertraut, wie sie alle Mitarbeiter in der österreichischen Vertretung zu erfüllen hatten, ebenso Streuber. Die klar strukturierte Verteilung und Aufschlüsselung der Geheimhaltungsstufen zeugten von der internen Priorisierung einzelner Personen in der Vertretung; parteipolitische Anliegen wurden gegensätzlich zu den staatlichen Interessen offen, ohne Scheu vor politischem Hickhack und im Einvernehmen mit dem Botschafter besprochen und entschieden. Dahinter liegend bildete sich jeder seine Meinung, ohne jedoch gemeine Untergriffe oder gar verleumdende Anspielungen zu vollziehen.

Das Tätigkeitsgebiet Jakob Einfingers umfasste neben den offiziellen und inoffiziellen Korrespondenzen mit dem Bundeskanzleramt gleichsam die inhaltliche Betreuung menschenrechtlicher Initiativen auf Ebene der Vereinten Nationen. Hätte er vor seinem Dienstantritt einen Wunschzettel übermitteln dürfen, so hätten diese Themenfelder sicher an oberster Stelle gestanden. Beides waren die Themen seines Lebens. Beide Sphären, das rote Kanzleramt und das Thema der Menschenrechte auf praktischer Ebene, ließen Staatsdiener Jakob Einfinger ein Mindestmaß an Sicherheit verspüren. Die sozialistische Bewegung auf der einen Seite erforderte vor allem die vertrauliche Vernetzung mit unterschiedlichen Ländern, wobei außerhalb Europas oftmals die Differenzen des Sozialismus als Parteigrenzen der österreichischen Innenpolitik stärker ausgeprägt waren. Schnell kam es in informellen Treffen zu ideologischen Abgrenzungen und Auseinandersetzungen, die in der Tat eine fundierte Kenntnis theoretischer Zugänge erforderten. Jakob Einfinger fühlte sich schnell an seine Zeit als Zaungast erhitzter Diskussionen in Wien erinnert, nur dieses Mal musste und wollte er sich in die Grundkenntnisse der Dispute einlesen. Die offizielle Arbeit zu menschenrechtlichen Initiativen war hingegen wenig ideologisch, dafür umso inspirierender. Die Welt wurde als Ganzes nicht nur sichtbarer, sondern auch relevanter. Die Vorstellung eines globalen Wirtschaftsraums wurde sukzessive um soziale Dimensionen erweitert. Berichte über Kriege, Hungersnöte, Verfolgungen und Sklaverei ließen die Münder vieler Diplomaten offenstehen, denn nur weniges davon war in den populären Zeitungen der modernen Welt zu lesen.

Dennoch, Jakob Einfinger fühlte sich wohl, hatte doch – nun in New York angekommen – alles besser geklappt als gedacht. Besser, als es sich das Ehepaar hätte vorstellen können. Es waren in der Tat jene Momente, die dem jungen Sozialdemokraten die doch so bucklige Welt besonders rund vorkommen ließen.

Jakob Einfinger erblickt einen obdachlosen Mann, dick eingepackt in eine Winterjacke, als könne er die aktuelle Wärme für die schon bald kommenden harten Tage einfangen. Das Gesicht ist braungebrannt, der grau-schwarze Bart ohne Schema gestutzt, die Augen trostlos auf den Boden gerichtet. Die Hände gefaltet, die Beine leicht gekreuzt, so scheinen alle anatomischen Linien den vor sich befindlichen Pappbecher anzudeuten und krampfhaft zu fokussieren. Sowohl die dunkle Jeanshose als auch die Jacke sind von Flecken marmoriert, die Laufschuhe einer teuren Marke sind löchrig, ein Konsumprodukt aus längst vergangenen Zeiten. Ebenso scheint das Behältnis für die Almosen schon seit Wochen dem eigentlichen Zweck entwendet worden zu sein. Trotz der Armut, der Eindeutigkeit seiner Notlage, strahlt der Mann eine meditative Konzentration aus. Weder schlafend noch schreiend oder singend, hält er sich einfach nur still. Seinen Körper dem Becher zugewandt, beinahe betend.

Jakob Einfinger ist tief berührt, er fischt in seiner Hosentasche nach einer Dollarnote. Endlich gefunden umfasst er den Schein, um sich unmittelbar aus Scham und Machtlosigkeit seinem Sakko zuzuwenden, seine Gedanken von der sichtbaren Not hin zum eigenen Wohlstand wechselnd.

In der Tat hätte Jakob Einfinger niemals seine Geldscheine oder gar Münzen einfach nur in der Hosentasche mit sich herumgeführt. Ganz im Gegenteil, Geld musste doch geordnet, in der Börse verstaut und erst dann in der Hose oder Tasche verpackt werden. Kaum in New York angekommen, stellte sich die Verwahrung der US-amerikanischen Währungswelt als Herausforderung dar, schnell stopfte Jakob Einfinger die Geldscheine unachtsam in die Hosentasche, Münzen waren freigiebiges Metallgut, nur Bankkarten und Schecks sollten als aufbewahrungswürdige Objekte der Finanzwelt in Leder ummantelt sein.

Aus der Selbstbeschäftigung heraustretend findet Jakob Einfinger die Dollarnote wieder und bückt sich, um den Schein zielgenau in den engen Becher zu stopfen. Wenige Sekunden in der Nähe des Mannes – in dessen Sphäre eingedrungen – wirkt es für einen Bruchteil so, als ob der Obdachlose ihn anblickte. In die Augen, ohne seine Mimik zu verändern, ohne eine Geste der Dankbarkeit, ohne Zuversicht. Der Attaché kann den Mann spüren, ohne ihn zu berühren. Er kann das Leben erahnen, die Not erkennen, die Ausweglosigkeit nachvollziehen. Alles nur wegen der kurzen Nähe zu einem Menschen, der ihm bislang unbekannt geblieben ist und der es auch für die Zukunft bleiben wird. Die Kreuzungen des Lebens, wo ein Obdachloser mit einem Wohlhabenden zusammentrifft und danach sich beide Leben willkürlich fortsetzen, berühren intensiv. Und doch bleibt alles wie gehabt.

Jakob Einfinger geht weiter, irritiert von der Situation, ob der Armut oder der fehlenden Reaktion. Er ist sich nicht sicher. Kein Blick zurück, keine weitere Geste der Empathie. Nur die Gedanken des einen und die Hoffnungen des anderen überschneiden sich weiterhin, bevor sie verdünnt durch die Frischluft der Straße verschwunden sind. Der Moment endet, das beißende Gefühl von Schuld nistet sich wenige Sekunden tief in das Herz des Weiterziehenden.

Es dauerte nur wenige Monate und Ruth wurde schwanger. Selbst heute, in der gedanklichen Retrospektive Jakob Einfingers, wirkt diese Schwangerschaft wie eine logische Konsequenz, doch in der Tat war die Nachricht, Nachwuchs zu erwarten, durchaus überraschend. Manche Dinge passieren einfach so, dessen waren sie sich bewusst. Somit wollten beide dieser überraschenden Wendung mit freudiger Neugier und Verantwortungsbewusstsein begegnen und das Beste aus der Situation machen. Leider hatte sich die Stellensuche für Ruth als schwieriger herausgestellt als gedacht, weswegen sie die ersten Monate in einer Rolle verhaftet blieb, die sie abgrundtief zu hassen gelernt hatte: jene der Hausfrau. Nun aber, vielleicht versöhnt mit der Schwierigkeit, mit der Stadt verschmelzen zu dürfen oder durchdrängt von Schwangerschaftshormonen, freute sich Ruth, die kommenden Monate, sogar Jahre, mit einem Kind als Aufgabe verbringen zu dürfen. Auch der werdende Vater sah keine Schwierigkeit darin, waren doch Vergütungen sowie die allumfassenden Kompensationen für Wohnung prädestiniert für Nachwuchs. Wieder empfanden sie es beinahe so, als ob das Schicksal es so geplant hätte. Nichts sprach also dagegen, damit sollte es auch so sein.

10. Kapitel

Wie in allen Verwaltungseinheiten dauerte es nur wenige Stunden, bis es dem Neuangekommenen klar war, wo Fakten und wo Gerüchte zu finden waren. Jakob Einfinger hielt sich nur kurz an seinem Schreibtisch auf, bevor er, nun den offiziellen Begrüßungen folgend, sorgsam die stillen Einzelgespräche einfädelte. Nicht nur die Ständige Vertretung war durch ihn als Person im Wandel, sondern auch die Republik Österreich durch die vorangegangenen Wahlergebnisse und gleichsam die Vereinten Nationen. Die internationale Gemeinschaft wählte einen Österreicher an die Spitze dieser globalen Organisation und rückte damit nun das kleine Land inmitten Europas in den Fokus internationaler Aufmerksamkeit. Wie allerorts und allseits üblich wurden auch hier verdienstvolle Glorifizierungen und dämonische Machtbestrebungen unterstellt und mit selbsterlebten Begebenheiten argumentiert. Jakob Einfinger verpflichtete sich selbst zum Schweigen, denn allzu oft war eine offen zur Schau getragene Solidarität lediglich der plumpe Versuch einer Intrige.

Eine Gruppe junger Männer erscheint vor den Augen Jakob Einfingers. Wie aus dem Nichts schlägt ihm plötzlich pure Lebensfreude entgegen. Es sind fünf Männer, die wahrscheinlich unterschiedlicher nicht sein könnten und doch etwas Vereinendes miteinander teilen. Ihre Kleidung verrät unausgesprochene Abstimmung mit dem jeweilig anderen, die vertrauten Blicke und die respektvolle Gesprächsführung einen gemeinsamen sozialen Hintergrund; wahrscheinlich ein Studium. Bücher oder Mobiltelefone in der einen Hand, die Jacken und Taschen in der anderen, wandern die jungen Männer spielerisch neben und vor sich her, immer den gerade Sprechenden im Fokus. Als wäre die Fortbewegung in dieser Stadt eine leichtfüßige Begleiterscheinung, wird die Aufmerksamkeit der Interaktion gewidmet. Makellos weiße Zähne, sofort verschwindende Lachfältchen und füllig wallende Haare versprühen die Agilität dieser kraftvollen Jugend. Sie leben miteinander in diesem Moment, teilen das gemeinsame Leben mit Humor und können dabei auf den jeweils anderen zählen. Die Berührungen zwischen ihnen wirken vertraut und willkommen, weswegen sie reichhaltig zelebriert werden. Die Hand über die Schulter des einen, ein fester Griff an die Brust des anderen, alles folgt einem harmonischen Rhythmus. Die körperlichen Überschneidungen passieren so schnell, dass Jakob Einfinger nicht in der Lage ist, sie im Detail wahrzunehmen. Jede gesprochene Silbe wird mit fließenden Berührungen und lächelnden Gesichtern begleitet, wobei die Gruppe von Männern einem gut abgestimmten Vogelschwarm ähnelt. Kleine

Unwegsamkeiten der Straße können ebenso austariert werden wie das willentliche Schubsen untereinander. Viele der Passanten geben dem Spektakel bereits Meter vor dem Zusammentreffen Raum, nur die wenigsten wirken genervt. Zu schön ist der Anblick dieser feinen Stimmung.

Die gleich zu Beginn intensive Reisetätigkeit des neuen Generalsekretärs der Vereinten Nationen bedeutete für die Ständige Vertretung Österreichs einen erhöhten Arbeitsaufwand, waren doch viele Details fortlaufend abzustimmen. Dennoch oder gerade wegen dieser Aufregung, befand sich der neu hinzugekommene Beamte im Auswärtigen Dienst, Jakob Einfinger, nicht im Zentrum des Interesses, weswegen ihm ein langsames Einschleichen in Sitzungen und Gremien gelang. Schlicht die Erwähnung seiner nationalen Zugehörigkeit schien Argument genug, keine weiteren Fragen zu stellen. Des Weiteren wurden die oftmals nur knapp formulierten Depeschen aus Wien um eine bereits in den ersten Tagen eintreffende persönliche Nachricht aus dem Bundeskanzleramt erweitert: der Genosse Jakob Einfinger möge sich zweimal wöchentlich für eine Absprache mit dem Büro des Kanzlers in Verbindung setzen. Eine Telefonnummer sowie Tag und Uhrzeit schlossen die Notiz ab. Noch irritiert über die kryptische Mitteilung verschwand die anfängliche Mystik schnell, nachdem das erste

Gespräch geführt worden war. Die Telefonnummer führte auf den Ballhausplatz in die Verwaltungsräumlichkeiten eines Vertrauten des Kanzlers. Wahrscheinlich der neuen globalen Wichtigkeit geschuldet war diese Form der Kommunikation geradezu mondän, wenn auch teuer. Der Telefonapparat mit internationaler Verbindung befand sich zunächst in einem eigenen Zimmer in der Ständigen Vertretung und nicht im Büro des Botschafters, weswegen jedes Telefonat von neugierigen Blicken begleitet werden konnte.

In den Gesprächen blieben die freundschaftlichen Floskeln auf ein Minimum reduziert, Fragen stellte man schnell und offen, weswegen die Antworten diesem Muster folgten. Diese Form der Kommunikation folgte sowohl dem freundschaftlichen Bemühung als auch der misstrauischen Grundhaltung, wodurch klar wurde, keine schriftlichen Depeschen für bestimmte Themen zu verfassen und sich am Telefon so klar und doch abstrakt wie möglich zu bleiben.

Neben Jakob Einfinger war es lediglich Botschafter Streuber, der regelmäßig zum Telefon griff. Beide lernten schnell, sowohl gemächlich als auch schweigend einen Raum zu betreten und zu verlassen.

Junge Männer reißen Jakob Einfinger aus seinem Tagtraum. Angespitzt durch Gelächter und angeheizt durch die Sonne versuchen zwei der Männer einem fahlen, aber doch attraktiven Gruppenmitglied den Pullover hochzuziehen. Als wäre man Bestandteil des Gesprächs, so lässt sich erahnen, dass sie alle ihm nur ein wenig Bräune wünschen würden. In der Tat scheint sein Bauch noch bleicher zu sein als sein Gesicht, doch viel mehr als das irritiert Jakob Einfinger die lebendige Frische der Bauchmuskeln. Geradlinig sanft und bewegend agil, blitzt ein Spiel aus Haut und Sehnen dem Tageslicht entgegen. Die Hose sitzt dabei unverschämt tief, sodass die abwehrenden Bewegungen eine vollkommene Entblößung verursachen könnten. Dem jungen Mann gelingt die Abwehr der neckischen Tat und als Zeichen seines Triumphes zieht er sich Pullover und T-Shirt über den Kopf, um nun mit freiem Oberkörper und einem siegreichen Gesichtsausdruck die Truppe anzuführen. Den Sommer über verwöhnt verliert man doch in den ersten Herbsttagen die Gewohnheit, Körperlichkeit wahrzunehmen. Zu schnell sind Beine, Bauch und Arme vergessen und nur noch Andeutungen unter fließenden Gewändern. Umso mehr kleben nun die Blicke auf dem jungen Mann, dessen Erscheinung jenes zu vermitteln in der Lage ist, dass zuvor schon erahnt worden ist. Die bleiche Haut blendet in der Sonne, die sportliche Figur zeichnet sich bis in die Halsmuskulatur ab. Er erweckt den Anschein, als wäre die Inszenierung gewollt, denn sogar die Körperbehaarung weiß um ihre kulturell-territoriale Eingrenzung. Jakob Einfinger fühlt eine innere Begeisterung für den Triumph, für die geteilte Heiterkeit und gleichsam für den Körper.

Jakob Einfingers eigentliche Aufgabe von Wichtigkeit waren die Telefonate. Ab und an waren es Anfragen über Informationen, die ein wenig Recherche benötigten, dann wieder Bitten, Menschen zu treffen und in Austausch zu treten. Die Person auf der anderen Seite des Hörers konnte zwar wechseln, jedoch musste gleich zu Beginn klargestellt werden, wer man denn eigentlich war. Jedenfalls begrüßte man sich, als wäre es eine Geheimformel, mit einem „Freundschaft", wodurch vertiefend klar gemacht wurde, welche Vertraulichkeit das kommende Gespräch haben würde. Bereits nach wenigen Wochen waren stets beide Seiten von einer angenehmen Routine umspült und das unausgesprochene Vertrauen konnte gedeihen. Ein sensibles und taktvolles Vorgehen war obligatorisch, alles andere hätte in nur wenigen Wochen unliebsame Gerüchte nach sich gezogen. Man mochte zwar derselben regierenden Partei angehören, doch die entgegen geworfene Freundschaft kam ab und an einer Kriegerklärung gleich. Umso wichtiger war die persönliche Basis einer Verbundenheit, aus der sich weitere Verzweigungen ins eigene Netzwerk ergaben, immer mit dem Hinweis, dass es sich nun um eine Person des eigenen Vertrauens handeln würde, oder eben nicht. Nachdem diese solide Basis erarbeitet worden war, kam es schon bald zur vertraulichen und doch erstmals überraschenden Bitte aus Wien. Die Woche war ruhig, sowohl am nationalen wie auch internationalen Parkett, weswegen Jakob Einfinger eigentlich mit einem schnellen Ende des Gespräches gerechnet hatte. Doch es kam anders, nämlich in Form des Wunsches, er möge sich der jüdisch-intellektuellen Gemeinde von New York City annähern, durchaus jenen Vertretern mit österreichischer Vergangenheit – die familiären Hintergründe seiner Frau würden dies sicherlich leicht ermöglichen – um als Person mit Funktion, die er war, in Erscheinung zu treten. Irritiert, aber doch gewillt, dem Wunsch nachzukommen, versicherte Jakob Einfinger, diesem Ansinnen umgehend nachzukommen. Der legte den Hörer auf und fühlte sich zum ersten Mal größer, als er sein wollte. Nun so unverhofft in einen Auftrag entsendet zu werden, der bizarr und diffus anmutete, missfiel ihm. Jakob Einfinger konnte sich der Vermutung nicht entledigen, dass dies eine Offenbarung für viele Entscheidungen zugunsten seiner Person gewesen sein konnte. Erwies sich das

Schicksal durch beliebige Fügungen des Lebens gnädig oder konnte das der Anfang eines Wendepunktes sein?

Ruth konnte zu Beginn mit seinem jüdischen Interesse nur wenig anfangen, im Besonderen, weil ihre eigene jüdische Vergangenheit weder für sie noch für ihre Familie jemals eine große Rolle gespielt hatte. Doch das Leben in diesem New York, wo so viel jüdische Faszination und auch Emigration spürbar wurde, weckte in ihr ein kulturelles Grundinteresse. Dem familiären Schweigen, der katholischen Anpassung und der Verweigerung einer Rückbesinnung konnte Ruth hier, fernab des Vaters, in guter Hoffnung, auch ihren eigenen revolutionären Werten treu verbunden zu bleiben, entgegentreten.

„Wie manipulativ ich doch war", gesteht sich Jakob Einfinger ein, denn bis heute hat er das Telefonat für sich behalten. Schnell konnte das Ehepaar über neue Freunde in der Stadt erste Bande zur jüdischen Gemeinde knüpfen. Die sichtbare Schwangerschaft bot die willkommene Antwort darauf, warum die Spiritualität nun mit dem herannahenden Nachwuchs eine Rolle spiele, und Ruths familiärer Hintergrund war über jeden Zweifel erhaben.

Die Verwirklichung in dieser religiösen Vertiefung war gleichsam ein Vorbote auf die kommende Familiensituation: Ruth war begeistert von den Traditionen und Relikten des jüdischen Glaubens, entfacht von der so lange verschwiegenen Verbindung zu ihrer Vergangenheit. Sie hatte niemals hebräisch gelernt und nutzte nun die Schwangerschaft, um das blasphemische Versäumnis nachzuholen und sich dabei tief in die jüdische Religionsgeschichte einzuarbeiten. Ihr Ehegatte, Jakob Einfinger, hingegen lernte die ausgiebige Geselligkeit, die weitreichenden Vernetzungen und die tiefverwurzelte Intelligenz schätzen. Beide entsprachen den Erwartungen ihrer Gegenüber und fanden ebenso herzliche wie ernstgemeinte Aufnahme.

In den wöchentlichen Telefonaten blieb das Thema bis auf Weiteres unerwähnt, sodass Jakob Einfinger keine weiteren Kommentare bereithielt. Mit der Zeit war er davon überzeugt, dass wohl die Strategie einer Aussöhnung für die Gräueltaten im Zweiten Weltkrieg dem zugrunde liegen könnten, wobei dies in der Wahrnehmung des amtierenden Kanzlers so logisch wie verwunderlich anmutete. Ohne Klarheit der Motivation, aber mit Konsequenz der Neugierde wurden Dinnereinladungen angenommen, Theatervorstellungen und Lesungen besucht, religiösen Feierlichkeiten beigewohnt. Der

Kreis jener, die man schätzen lernte, vom Sehen kannte und durch Erzählungen zu erkennen in der Lage war, wurde größer. Immer wieder und ganz unmerklich, zuerst in gesellschaftlich weiter Ferne, dann im kleinen Rahmen, begegnete Jakob Einfinger zunehmend sichtbar seinem Botschafter und Vorgesetztem Streuber. Der war in diesen Kreisen nicht nur wohletabliert, sondern gleichsam hochgeschätzt. Mit der Klarheit, dass diese Begegnungen kein Zufall waren, sondern ehrwürdigen Einladungen entsprachen, wurde sein Bedenken für seine – aus Wien – geforderte Vertiefung genährt. Jakob Einfinger akzeptierte die Tatsache, im Moment keinen Überblick erlangen zu können, und so boten die gesellschaftlichen Anlässe zumindest ein persönliches und ernstgemeintes Amüsement. Sein Herz und Geist schätzten sowohl die Gespräche als auch die politischen Ansichten vieler seiner Gegenüber und nur allzu oft konnte tränenreiches Gelächter noch in weiter Ferne vernommen werden. Jakob Einfinger empfand die Situation als heiter, ohne sich in verwirrenden Gedanken verfangen zu wollen. Der in diesen Tagen oft zitierte Kalte Krieg wurde zunehmend grotesker, weswegen vieles in die Leere und manches mit Bedacht für das eigene Wohlsein berücksichtigt werden musste. Bei einem war er sich sicher: Der politische Spielplan befand sich schon längst ausgerollt unter ihm, die Spielzüge begannen sichtbar zu werden, die Logik und das Ziel blieben ihm jedoch weitestgehend verborgen.

Die Gruppe der jungen Männer zieht vorüber, nicht ohne den gemächlich schlendernden Jakob Einfinger am Arm zu rempeln. Ein leichter Stoß, sanft und ohne Aggression, unbeabsichtigt und mit beschwichtigender Miene abgerundet. Der Täter dreht sich zur Seite und lächelt so entschuldigend wie entwaffnend, zwei weitere Männer tun ihm gleich. Kaum der Rede wert und schon sich alles selbst verzeihend schreitet die Gruppe weiter und entlässt den älteren Herren aus ihrer Aufmerksamkeit. Sie bleiben in ihrer Welt der sozialen Interaktion, ohne eigenes Interesse für das Interesse der anderen. Der Sonne entgegen, eine perfekte Stunde erlebend, genießen sie sich selbst und lassen all jene um sich im Schatten ihrer Geselligkeit und Jugend zurück. Jakob Einfinger fühlt sich nach dieser Begegnung wohl. Er mag sogar jene Stelle an seinem Arm, diese kleine Fläche hinter Zwirn und Baumwolle, die für kurze Zeit eine Berührung erfahren durfte, die mit einem ernstgemeinten Lächeln beschlossen wurde. Fast kommt es ihm so vor, als wäre der Moment mehr gewesen. Als hätte die Berührung eine Bedeutung.

11. Kapitel

Die Herbsttage sind am schönsten, egal wo. Ob in Graz, Wien oder New York. Jakob Einfinger ist sich sicher, an allen drei Orten besonders häufig die Herrlichkeit des Herbstes wahrgenommen zu haben.

Doch die Wahrheit liegt in der Tatsache, dass Jahreszeiten in ihren Übergängen am heilsamsten wirken. Der Frühling weiß Vorfreude zu wecken, der Herbst befeuert die Zufriedenheit. Bis heute sind es jene Spaziergänge in Brooklyn, die den Herbst in eine der wärmsten Jahreszeiten verwandeln. Wärme, die aus dem Inneren strahlt, Menschen berührt und die leicht aufkommende Kühle mit den sanften Lichtern in Einklang zu bringen versucht. Die Natur bemüht sich, den Sommer bildlich zu behalten, die Straßen greifen nach der vergangenen Hitze und umspannen jeden noch so zögerlichen Sonnenstrahl. All das nur, um sich dem kommenden Winter entgegenzustemmen, sich selbst zu belügen in der Hoffnung, dass es diesmal ein sanfter wird.

Von der trügerisch schönen Stimmung ist in den Häuserschluchten Manhattans nur ein Bruchteil spürbar, wenngleich das Licht nirgendwo intensiver reflektiert, gespalten und verworfen wird wie hier. Jakob Einfinger genießt den klaren Tag und die immer wiederkehrenden Reflexionen der Lichttropfen. Die auf seiner Haut eintreffenden

Lichtwellen sind von milder Wärme; anschmiegsam, einer geschmeidig vorbeistreifenden Katze gleich. Die hellen Stellen in seinem Gesicht, nicht ersichtlich, doch spürbar, schmiegen sich an den älteren Herrn wie ein seidener, durch den Wind getragenen Schleier. Gefiltert, als wäre den Sonnenstrahlen durch die Wolkenkratzer hindurch ein Großteil an Härte genommen worden. Dabei reicht eine geringe Fläche aus, um den warmen Sonnenstrahl aufzunehmen und direkt in den Körper weiterzuleiten, wo er sich gleichmäßig und langsam in alle Teile ausbreitet.

Jakob Einfinger weiß um den Genuss solcher Momente, denn er hat gelernt, dass es die Gegensätze sind, die ihn faszinieren. Das anscheinend Konträre, die sich nicht treffenden Ecken, das sich Ausschließende. So wie diese schnelle, lebendige und teils unnahbare Stadt und jenes herbstliche Licht voll wärmender Ruhe und Gelassenheit sind. Wer genießt schon das Licht an einem Ort des Lichtüberflusses?

Die Geburt des einzigen Sohnes verlief ohne Aufregungen und Komplikationen. Ruths intensive Bemühungen, die Geburt so natürlich wie möglich empfinden zu wollen, hatten positive Stimmungen bei ihr, bei ihm und bei der fernen Verwandtschaft befeuert, die nicht nur die Schwangerschaft, sondern eben auch die Geburt und die damit verbundenen familiären Statusberichte harmonisierte. Nach neununddreißig Wochen war es dann so weit, ein gesunder Junge kam zur Welt, mitten in Manhattan, in dieser menschenüberfüllten Stadt, an dem Ort der beflügelten und gescheiterten Träume. Jakob Einfinger wartete vor dem Kreißsaal, um endlich seinen Nachwuchs zu Gesicht zu bekommen. Ein einmaliger Moment der Anspannung, Entspannung, des Glücks und des Drucks zugleich. Nie mehr in seinem Leben fühlte er die sozialisierte Andersartigkeit und gleichsam die ankommende Normalität und das Schaffen neuer emotionaler Räume so intensiv wie damals in dem ihm so fremden Krankenhausbetrieb von New York City. Und mitten in dem Gewühl von Menschen mit unterschiedlichen Hautfarben, Religionen, Sprachen und Mode war nun der Anfang für ein Leben gelegt, das in Österreich doch so eindeutig hätte beginnen können.

Noch heute sind Jakob Einfinger die damaligen Momente in der Erinnerung präsent; das grelle Licht, das metallische Klimpern des medizinischen Bestecks, der Duft nach Urin, Körper und Schweiß, die Vielfalt an englischer Aussprache. Gleichsam stoßen wie aus dem Nebel der Vergessenheit hervorschießend die jungen Gesichter von Geburtshelferinnen, Ärzten und Krankenschwestern hervor, die, kleinen Steinen ähnelnd, ein Mosaik der

Situationen, ein Gesamtbild, ergeben. Und dann das zerknitterte Gesicht seines Sohnes, seine beschuppten Ärmchen und das Tuch, in dem dieser kleine Mensch seine erste Sicherheit erfahren durfte. Doch wo dieser Mensch herkam, der Ort des Lebens und die Erschöpfung der Ehefrau und Mutter bleiben ihm unsichtbar, egal wie stark er sich zu fokussieren versucht. Vielleicht ein Vorbote des Kommenden oder das Normalste der Welt, nur Augen für den ersten Sohn gehabt zu haben?

Jakob Einfinger fokussiert wieder auf die Straße. Der gegenwärtige Moment ist ihm ein Freund, wenn die Erinnerungen dieser Monate zu jenen anderen Momenten gespült werden, die mit düsteren Farben, Stimmungen und Situationen umhangen sind. So betrachtet Jakob Einfinger, immer wieder am Saft nippend, den in Beton gegossenen Gehweg. Dieser ist viel breiter als jene in Graz, jedoch um ein Vielfaches unebener. Gerade die abfallenden Kanten bei den Straßenkreuzungen muten atemberaubend an. Interessiert mustert er die Struktur des Gehweges, ahnungslos, wie das mit einem Kinderwagen zu meistern wäre. Ebenso verblasst seine Erinnerung, wie er selbst das gemeistert hatte. Und erneut fühlt sich der nun über Jahrzehnte in dieser Stadt lebende Jakob Einfinger von New York auf die Schippe genommen, als eine tiefe und steilabfallende Kante am Straßenübergang ins Auge sticht. Ein Straßendeckel an derselben Stelle erschwert die Situation gewaltig. Ein holpriger Übergang des Lebens in dieser Stadt, die es doch der Anzahl an Menschen entsprechend besser machen sollte. Dem Unverständnis weicht die Philosophie des Lebens: Wer Kanten zu meistern in der Lage ist, wer also das Handwerkszeug, die Kreativität oder die Kraft aufbringen kann – diese Glücklichen haben eine Chance, diese Stadt zu bewältigen.

Plötzlich steigt eine ihn ob der Höhe ihrer High Heels übertrumpfende Latina mittleren Alters über die in kritische Betrachtung geratene Kante und fällt tiefer als erwartet. Bei der unsanften Landung wanken nicht nur die synthetischen Fasern ihres Tigerfellmantels ungraziös, sondern auch das voluminös toupierte Haupthaar in vulgärer Weise. Die Beine bleiben stabil, doch die Hände müssen mit ausladenden Bewegungen das Gleichgewicht wiederherstellen. Ob die mit Gold behangenen Finger dabei hilfreich wirken oder nicht, bleibt ein Rätsel. Jedenfalls wird diesem unerwarteten Ereignis mit so wenig Aufsehen wie möglich begegnet und stattdessen in der eignen Rolle fortgefahren. Das offensichtliche Ziel – die dargestellte Begehrlichkeit – wäre mit einer flapsigen Geste bedroht gewesen. Schnell gefangen scheinen auch die Haare dem

Auftrag zu folgen und die eigentliche Perfektion der Frisur ist unverzüglich wiederhergestellt.

Nach der geordneten Rückkehr aus dem Spital waren die folgenden Tage wie Wochen nur dem Kind gewidmet. Sowohl Schwiegereltern als auch Eltern kamen zu Besuch und schienen der Wucht der Skyline von Manhattan problemlos zu trotzen, ihre einzige Aufmerksamkeit galt dem Kind. Sogar einige der alten Freunde kündigten sich an, wobei oftmals die Stadt zumindest gleich viel Anziehungskraft in sich trug wie der Einfingerische Nachwuchs. Wer auch immer über die Türschwelle getreten war, steuerte direkt zu der in Wachsamkeit und Fürsorge ruhenden Mutter mit Kind. Die Stunden und Tage verschlangen sich in der ungeteilten Aufmerksamkeit für den Nachwuchs, wobei Ruth bereits früh ein jüdisches Kulturleben für ihren Sohn beschloss. Die Schwiegereltern reagierten darauf gleichgültig, es waren die eigenen Eltern, die dies mit Schweigen – vielleicht auch Entsetzen – aufnahmen. Vielleicht erkannten sie die Wichtigkeit der Entscheidung in Ruths Temperament, eventuell offenbarte es ihnen ein neues Zeitalter, jedenfalls blieb die Entscheidung stets unkommentiert. Jakob Einfinger und dessen Eltern sahen jeder religiösen Erziehung pragmatisch entgegen, regelten sie doch lediglich den

Jahreszyklus von Geschenken und nahmen einer politischen Sozialisation nichts vorweg.

Selbst Nikolaus Streuber ließ es sich nicht nehmen, auf Kaffee und Kuchen vorbeizukommen. Ob es sich dabei um ein modernes Verständnis von Führung handelte oder eher die altaristokratische Sozialisation, Nachwuchs als wertzuschätzenden Kern jeglicher Familie begreifen zu müssen, als Stammhalter von Geschichte, Namen und Wohlstand, blieb bis zum Ende unbeantwortet. Es war der erste und einzige Besuch seines Vorgesetzten in der Wohnung der Familie, obwohl es Jakob Einfinger um die nicht gegebene Vervielfältigung leidtat, denn der Botschafter war ein durchaus komödiantischer Zeitgeist, wenn es dem gesellschaftlichen Rahmen entsprach. Hinter der humanistisch und doch aristokratischen Bildung verbarg sich eine tiefe Kenntnis über den jüdischen Witz, die bürgerliche Doppelbödigkeit und die proletarische Ambivalenz. Vor nichts schreckte der gesetzte und sich mit sich selbst amüsierende Diplomat zurück, ganz zur Unterhaltung seiner Zuhörer. Niemals verlor Streuber den roten Faden seiner Geschichte, keinesfalls ging die Pointe verloren und am wenigstens driftete er in die Geschmacklosigkeit ab.

Dieser einmalige Abend gewann an grotesken Zügen, je stärker sich der zeitliche Abstand zu dehnen begann. Der Gastgeber, Jakob Einfinger, beschränkte sich, ohne es zu merken, gänzlich auf die Rolle des Ernährers. Die Bindung zwischen Ruth und dem Neugeborenen war von der ersten Sekunde an undurchdringlich. Sie brachte jeder Kleinigkeit in der Entwicklung des Kindes große Aufmerksamkeit entgegen, insbesondere der Nahrung und der daraus resultierenden Verdauung. Seine Beiträge blieben dekorativ und waren von finanzieller Bedeutung. Er war Familienvater, der – wie beim Besuch des Botschafters – die Familie zu repräsentieren wusste.

Jakob Einfinger verlor zunehmend die Sicherheit in seiner Vaterrolle, sodass sich sein Umgang mit dem kleinen Wesen und dessen fragiler Gestalt verfremdete. Ruth konnte und wollte dies vielleicht auch gar nicht verändern, war doch nun das Neugeborene ihre Welt der Verwirklichung, die ihrige Welt ganz allein. Somit blieb Jakob Einfinger viel Zeit und Raum für die Arbeit, die er nicht nur verstand, sondern in die er sich auch gern einbrachte. Der diplomatische Dienst bot darüber hinaus genügend Möglichkeiten, um fern den eigenen vier Wänden umtriebig zu sein, denn die Tatsache eines Kindes erübrigte die Ausformulierung herzlicher Dinnereinladungen. Ganz im Gegenteil, amüsante Tischnachbarn wurden gern als Gäste geladen, um ihnen ein wenig Auszeit vom alltäglichen Familienstress und der harten Erwerbsarbeit gönnen zu können. Jakob Einfinger wusste um seine hervorragende Qualität, unterhaltsamer und gerngesehener Gesprächspartner zu sein, und lernte gerade zu dieser Zeit die Rolle zunehmend zu schätzen. Das Erzählen von der Familie – von Ruth und dem Sohn – fiel ihm zunehmend leichter als die tatsächliche Hingabe zu ihnen. Die Welt der Familie wurde Ruths Terrain, die schwungvollen Cocktailpartys das Betätigungsfeld ihres Mannes.

Vor allem die stärker werdende Rolle Österreichs in den Vereinten Nationen, aber auch die willentliche politische Sichtbarwerdung der kleinen Alpenrepublik auf internationaler Ebene machten den Alltag arbeitsreich. Neben einem österreichischen Generalsekretär wurde Wien mehr und mehr zu einer Drehschreibe der Diplomatie und damit verbunden stieg die Notwendigkeit zur Vernetzung und Informationsbeschaffung. Der Botschafter erkannte sehr schnell das eigentliche Talent seines Mitarbeiters Jakob Einfinger und so durfte der ihn immer öfter zu diplomatischen Treffen begleiten und sie folglich schon bald auch eigenständig bestreiten. Die oftmals entspannt wirkenden Sitzungen waren jedoch intensive Arbeitsgespräche, denen das Studium tausender Seiten von Aktenmaterialien und Chiffren vorausgegangen sein musste. Die bloße Anwesenheit eines Ministers oder auch nur einer seiner direkten Büromitarbeiter vervielfachte den Arbeitsaufwand nochmals. So musste zum eigentlichen Arbeitstag ein Rahmenprogramm gestaltet und mitgetragen werden. Im Speziellen galt dies für den jungen österreichischen Sozialisten im Ausland, der bei Regierungsmitgliedern und dessen Stab auf der freundschaftlich informellen Ebene noch näher wirken musste und durchaus dem lebendigen New York unvergessliche Momente entlocken sollte. Der Grundstein seines heutigen Ansehens wurde damals gelegt, als der Gastgeber Jakob Einfinger scheinbar leichtfüßig mehrere Nächte adäquate Unterhaltung mit dem gewissen Niveau aufwarten konnte, als auch das Abdriften in die Untiefen einer Gesellschaft zu bewerkstelligen in der Lage war. Schneller als erwartet, erneut auf die eigene Fähigkeit zur sozialen Orientierung vertrauend, wurde New York zu seiner ansehnlichen Westentasche geschneidert. Hinzu kam noch immer, zweimal die Woche das informelle Telefongespräch zu suchen. Oftmals durfte er Fragen beantworten, die zuvor mit dem Botschafter besprochen worden waren. Oftmals galt es also, eine zweite Einschätzung zu erhalten. Ab und an kamen aber auch spezielle Anfragen auf, die wiederum auf inoffiziellem Wege, in Gesprächen am Rande von Sitzungen und Arbeitstreffen, abgearbeitet werden mussten.

Schon wieder erkennt Jakob Einfinger, wie seine Schritte schwerer werden. Er seufzt. In der Tat waren es intensive Jahre, die er gemeinsam mit Ruth in New York bestritten hatte. Es waren schöne Jahre, doch ebenso Jahre, in denen Ruth nie ihre Rolle finden durfte. Ihre Chance auf ein funktionierendes Leben in dieser doch so funktionsfähigen Stadt, die bereitwillig Tätigkeitsfelder, doch nur allzu geizig dazugehörige Überlebenschancen bietet, forderte Tribute. Die Spannungen zwischen dem Ehepaar Einfinger wurden immer größer, dauerten länger an und wollten sich nur mehr mühevoll auflösen lassen. Sie stachen ihm, dem Vielbeschäftigten, schon bald, aber doch zu spät ins Auge. Die Hingabe wandelte sich in eine Aufgabe, ins Aufgeben.

Eine kalte und parfümierte Brise weht dem stattlichen Mann von Welt aus einem Modegeschäft um die Nase. Das Sonnenlicht hat Jakob Einfinger besonders unter den Armen mehr erwärmt als erwünscht und so tat die Abkühlung gut. Erst jetzt merkt er die Intensität der sich langsam an den Zenit wandernden Sonnenscheibe. Sie wird schon bald für mehrere Stunden unerbittlich den allgegenwärtigen Beton und Asphalt erhitzen, ohne dabei Rücksicht auf die darauffolgende und alles umfassende Meereskälte zu nehmen. Das Licht erhitzt, der Schatten erkältet.

Nach den ersten Monaten im erweiterten Haus der Familie Einfinger war das Leben konventioneller geordnet, als es sich die jemals zuvor auch nur neckisch ausgedacht hätten. Der Ernährer, die Mutter und das Kind bildeten eine Einheit mit ebenso klaren Binnendifferenzierungen als auch veränderungsresistenten Verhaltensstrukturen. Unbemerkt und ungefragt waren die Rollen aufgeteilt, die Aufgaben zugeteilt und die Vergütung umverteilt. Das Frühstück war getaktet, die Abende mit Erwartungen beladen und das Wochenende die einzige, aber nur selten gegönnte Möglichkeit, etwas Routine beiseitezulegen. Dabei erging es dem Gemeinsamen zwischen den Ehegatten Jakob und Ruth Einfinger noch drastischer. Niemand schien in dieser Konstellation unglücklich sein zu dürfen, wenngleich beide jede Art der Ablenkung und Konventionslosigkeit herbeisehnten, doch im Angesicht des Nachwuchses sich zurücknahmen, um strittige Themen auszusparen. Selbst der eigene Sohn labte sich an diesem idyllischen Nichtangriffspakt und an der primär mütterlichen Bindung. Ein Vater war dabei nur abendliches Beiwerk und angehalten, nichts Störendes zu unternehmen. So unwohl er sich in dieser Familienkonstellation fühlte, so unmöglich war es ihm, daraus auszubrechen. Allzu oft nahm er unnötige Einladungen an, zog sich zurück, wenn der Kleine gebadet oder zu Bett gebracht wurde, um jedes Mal scheinbar einer beruflichen Verpflichtung nachzugehen, um in Wirklichkeit die aufgekommene Distanz zwischen ihm und seiner Familie zu überbrücken. Manchmal war er sich nicht sicher, ob etwas fehlte oder ob er sich einfach nur ausgeschlossen fühlte. Jedenfalls waren es viele Momente der Einsamkeit, die Jakob Einfinger so nie wieder erfasst hatten. Es war ein Arbeitsraum voller Papiere und Stille, gesellschaftliche Abende gefüllt mit Gelächter und Gedanken, Spaziergänge voller tiefer Erkenntnis und Trauer.

„Wenn ich könnte, würde ich es anders machen. Ich würde heute ein anderer Vater sein. Könnte ich ein anderer sein?" fragt sich Jakob Einfinger leise nuschelnd selbst. Wahrscheinlich nicht; eher nicht. Die damalige Zeit war intensiv, dessen ist sich der in die Jahre gekommene Mitarbeiter des öffentlichen Dienstes sicher. Sie war dermaßen intensiv, dass allein die Erinnerung an diesen Lebensabschnitt mehr einer Gemengelage von Gefühlen als einer differenzierten Erinnerung gleicht. Kein Abschnitt in seinem Leben weist so viele Emotionen auf, die gegensätzlicher nicht sein könnten. Wann immer sich das Gespräch auf sein Familienleben bezieht, resümiert Jakob Einfinger mit nur einem Adjektiv: intensiv. Nichts anderes könnte diesen Teil seines Lebens besser beschreiben: Selbst der Versuch, seine

Erinnerungen aus dieser Melange von Intensitäten zu befreien, misslang bisweilen. Vielmehr sind es graue Stränge vergangener Tage, Bilder oder Worte geworden, die fest ineinander gepresst, das Einzelne bis zur Unkenntlichkeit deformiert haben. Eine intensive Periode, die schon damals keine Zeit zur Ordnung gelassen hatte und später im grauen Schleier des Alltages eine Ordnung unmöglich machte. Jakob Einfinger trauert jedoch nicht, vielmehr ist er sich sicher, dass es vielen anderen Vätern, Müttern und Kindern auf dieser Welt nicht viel besser ergehen dürfte.

Die Trennung zwischen Ruth und ihm wurde unvermeidlich, war vielleicht sogar die logische Konsequenz in Reminiszenz ihrer beider Vergangenheit als Teil einer kritischen Bewegung gegen die Bourgeoise. Jedenfalls war es ein notwendiger Schritt für Ruth, einerseits um endlich ihr Leben anhand eigner Möglichkeiten gestalten zu können und andererseits um sich selbst, dem eigenen Konzept eines richtigen Lebens, treu zu bleiben.

Es war um den ersten Geburtstag ihres Sohnes, als Ruth ihren Gefühle bestimmt, aber mit der in New York erlernten Unsicherheit, Ausdruck verlieh. An einem lauen Frühlingsabend während eines sonntäglichen Spaziergangs auf Long Island – eine dieser vielen Routinen, die sich auch am

Wochenende einzuschleichen begann – passierte es. Das Meer hatte seine beruhigende Wirkung sowohl auf den Nachwuchs als auch auf die Gemütszustände beider Beteiligter.

Jakob Einfinger war nur wenig überrascht, noch weniger in seiner Ehre verletzt. Ganz im Gegenteil, heute ist er sich sicher, damals Erleichterung gespürt zu haben. Die emotionale Anspannung war für ihn schon seit Monaten spürbar, gleichsam die ablenkende Funktion des Sohnes. Und trotz der immer noch erfüllenden Gespräche und der Fähigkeit, Gemeinsames erleben zu können, waren nur wenige Momente des rauschenden Kennenlernens von Wien nach New York mitgereist. Sie blieben aus, kamen nie an, und selbst der hoffnungsvolle Versuch, nur ein wenig von damals in ein Jetzt zu wandeln, misslang permanent.

Jakob Einfinger wusste wohlweislich um diese sichtbaren Veränderungen. Mehr noch, er machte sich regelmäßig so manche Gedanken um den nicht zu fassenden Alltag mit all seinen Begrenzungen. Doch wie eine Feder im Wasser gelang es ihm nicht, das Erkannte in die Hände zu nehmen; dem Wasser zu entreißen. Vielleicht lag es auch daran, dass er sich nie sicher war, ob er dem Alltag entfliehen mochte, ob diese Feder überhaupt seine Handflächen berühren sollte. Was war anders? Was war schlechter? War er weniger glücklich?

Als ob die Welt seine Fragen, die er sich über Monate zu stellen gewohnt war, gehört hatte, bewies das Leben ihm erneut die Existenz des Glücks auf Erden in der Auflösung seiner Sorgen. Das Ehepaar Einfinger ging Seite an Seite die Promenade entlang. Mit ihnen flanierten Dutzende andere Paare mit Kinderwagen ausgerüstet oder im erotischen Taumel ineinander verkeilt in froher Hoffnung auf die baldige Notwendigkeit eines Nachwuchsutensils. Das Gespräch war leicht und angenehm, dem Wetter ähnelnd. Sie unterhielten sich über ihre erste Heimreise nach Österreich, über Ausstellungen und Zukunftspläne. Sie schwammen auf angenehmen Erinnerungsströmen, getragen von der warmen und wohltuenden Zuversicht, füreinander doch mehr zu sein als nur eine kleine Episode im Leben.

In jenem Moment, wo keine Wahrheit unwirklicher wirken könnte als die Gedanken an eine weitere gemeinsame Zukunft, als die Hingabe an eine gemeinsame Perspektive, gestand Ruth, eine Zukunft nur für sich allein gestalten zu wollen. Wie aus dem Nichts und doch wie ein gleitender Übergang zu dem davor Gesagtem entrann die Wahrheit aus der Seele seiner Frau wie der flüssige Kern einer Praline.

Jakob Einfinger erinnert sich gut. Die Heftigkeit des emotionalen Moments hat es doch geschafft, die Tradition seiner blassen

Erinnerungskultur zu durchbrechen und diesen Augenblick in seiner Heftigkeit zu konservieren.

Nach Ruths Geständnis war das Meeresrauschen klarer zu hören als zuvor. Kurzzeitig wurden seine Knie weich, der Atem stockte, der Puls stieg an. Das Licht reizte seine Augen, der gelebte Moment wirkte unwirklich, nahezu schockierend. Die beruhigenden Träume, die Wiederholungen mit all ihrer Sicherheit entschwanden von einem Moment auf den anderen. Jakob Einfinger war in diesen Sekunden gefangen in einem anatomischen Ausnahmezustand, in der Aufregung, einer Anspannung mit Hitzewallungen, in einer Angst und Wut, die sich wie Nebel um seine Sinne und Gedanken legten. Nichts schien er wahrzunehmen und doch waren es alle Momente der Umgebung, außer Ruth und ihr gemeinsamer Sohn, die für ihn nun sichtbar, hörbar und spürbar hervortraten.

Die Stille wollte nicht enden; sie wirkte unendlich. Selbst in seinen Erinnerungen nach Jahren der ehrlichen Auseinandersetzung, vermag der stetig an sich arbeitende Jakob Einfinger nicht einzuschätzen, wie lange er dieser Situation ausgeliefert war. Waren es Sekunden oder Minuten, bis plötzlich in seinem Körper eine Entspannung eintrat? Gesichert ist für ihn, dass von einem Moment zum anderen das Chaos der Gefühle, die Überlegungen der Situation und die Szenerien einer gemeinsamen Zukunft vor dem inneren Auge geordnet wurden und einer neuen, sympathischen Sicht wichen. Überraschend schnell beruhigte er sich, er erkannte sich und die Situation und schien aus dem Nebel der Unsicherheit herauszufinden, um direkt in den Lichtkegel einer grellen Sonne der neuen Möglichkeiten zu treten. Er blickte zu Ruth, deren kühle Schönheit erstmals in ihrem gemeinsamen Leben einem verzerrten Gesicht der Unsicherheit gewichen war. Voller innerer Anspannung wartete sie auf seine erste Reaktion; auf erste Worte, die ihr vermitteln würden, was dieses Eingeständnis für beide und ihr restliches Leben bedeuten würde.

Jakob Einfinger schnaubte. Er blickte zum Meer und versuchte, die aufkommende und ruhige Sympathie für die zu erwartende Situation als Gefühl zu verstehen. Ganz als würde er die Aufmerksamkeit zielgerichtet in all seine Körperteile entsenden können, um eine Abstimmung darüber durchzuführen, ob dies nun richtig sei oder nicht, kehrte der junge Mann einer freizügig miterlebten 68er-Welle in die Gegenwart zurück. Er nahm Ruths Hand, mehr nicht. Diese Hand, die ihm so vertraut war und doch so selten in letzter Zeit von ihm berührt worden war. Er nahm die Hand, um mit Ruth noch einmal einige Meter gemeinsam zu bestreiten, noch wenige Sekunden die Routine zu spüren, die scheinbar obligatorischen Träume eines Ehepaars zu kosen, denen ein Eheglück innewohnt. Er nahm die Hand und wusste, nun mehr denn je, der Idee eines glücklichen Paares zu frönen, dass dem Leben für die Gesundheit und die Liebe Dank sagte. Ruth gewährte die Berührung, ohne zu zögern, als ob sie wusste, dass dies nicht der Versuch einer Überredung werden sollte, sondern ein Zeichen der Zuneigung und der Bereitschaft, ihre Liebe neu zu ordnen. Die warmen Innenseiten der Hände berührten sich zart und plötzlich doch ganz anders als zuvor.

Das Gefühl für Zeit blieb beiden weiterhin verloren. An der Promenade entlanggehend war der Moment wichtiger als die Einordnung in die Welt. Wichtiger als die Zukunft. Sie nahmen sich eine letzte situative Gemeinsamkeit, die so sein sollte, wie sie war: pur, ruhig und ebenbürtig. Doch Meter für Meter entfernten sie sich nicht nur von dem Ort des Ausgesprochenen, sondern gleichsam von ihrem alten Leben, von einem zu klassischen Verständnis von Beziehung, von etwas, das sie ohnehin immer kritisiert hatten und niemals sein wollten. Sie verließen den Ort ihres nun alten Lebens. Sie beschlossen, in aller Stille eine Vergangenheit zu schaffen, in genau jenem Augenblick. Die Hände blieben durchgehend verbunden, als ob sie damit zusammen das Leben neu, schweigend doch klar in der Bedeutung für sich gemeinsam und für sich allein formen durften. Dem Zauber der Zukunft lag der Funke des ehrlichen Moments zugrunde. Am Ende einer nicht zu bestimmenden Zeit wusste Jakob Einfinger nur zu sagen: „Gut. Es ist gut. Es ist wahr."

Nicht ganz seinem Alter entsprechend entschließt sich der hektische und launische New Yorker Jakob Einfinger spontan zum Eintritt in ein Kleidergeschäft für ein urbanes und junges Klientel. Dabei überkommt ihn nur mehr selten ein Gefühl der Fehlplatzierung; ein Gefühl, das niemand in New York zu erleiden hat und das so gar nicht in die ökonomische Glaubensfrage eines modernen Lebens ohne Altersgrenzen passt. Beim Betreten des Kleiderladens musste sich der sinnierende Kunde selbst fragen, ob er sich im Rausch der Sentimentalität eine Peinlichkeit aus Polyester zu erwerben gedenkt, der er sich – sobald in seinem Büro angekommen – bereuend wieder entledigen würde. Doch nein, vielmehr ist es der Genuss, in vielfältige Situationen eintauchen zu können, um dabei erkennen zu dürfen, was modern, modisch oder gar obligatorisch verstanden wird. Kleidung offenbart mehr, als die meisten Menschen glauben. Mode ist nicht nur Inbegriff einer Zeit, sondern ebenso Ausdruck eines politischen Verständnisses.

Eine junge Frau wühlt sich gemeinsam mit einem hageren Mann durch die Rabattkiste. Knisternde Geräusche verraten die Materialzusammensetzung, doch beide lassen nicht ab von ihrem investigativen Vorgehen. Zu groß ist die Versuchung, ein atemberaubendes Schnäppchen zu entdecken, das in perfekter Kombination den nächsten öffentlichen Auftritt in einer U-Bahn oder einem Café adeln könnte. Der Gedanke fruchtet, in der gleichen Sekunde dreht sich der junge Mann zu seiner suchenden Begleiterin und präsentiert einen Poncho mit klischeeträchtiger Musterung indigener Wurzeln. Der heimliche Beobachter Jakob Einfinger kann seinen Blick nicht abwenden. Nur einen Bruchteil später hat der hagere Junge bereits das Kleidungsstück übergeworfen und ist plötzlich als Ganzes verschlungen. Erst das folgende Zucken und Schütteln lässt den Stoff absacken und an die richtigen Stellen gleiten. In der Tat, das Teil passt hervorragend. Mehr noch, es macht ihn beinahe lebendig. Die Farben schmeicheln sowohl seinem fahlen Gesicht als auch seiner viel zu dünnen Figur. Entsprechende Zustimmung in Form quiekender Schreie verdeutlichen, dass auch die Begleiterin dieses Kleidungsstück als das ersehnte Schnäppchen deklariert. Ihr Gesicht strahlt und lässt ehrliche Anteilnahme verspüren. Der Schatz ist geborgen, nun können sie beruhigt ablassen von den Kisten modischer Hoffnungen und anderen die Chance einräumen, gleiche Glücksgefühle entwickeln zu können.

Jakob Einfinger genießt den Anblick. Genau eine solche Szene hat er sich nur wenige Sekunden zuvor erhofft. Ob oder ob nicht spielt keine Rolle, doch glaubt der Exilösterreicher, dass dieser junge Mann schwul sein könnte; zumindest möchte er sich das so vorstellen. Gemeinsam mit seiner besten Freundin und nur wenigen Dollarnoten in der Tasche, haben sich die beiden auf den Weg durch die größte Boutique der Welt gemacht, um das zu finden – was niemand möchte. Es handelt sich dabei nicht nur um die Bergung jener Teile, die beide einmalig erscheinen lassen, sondern vielmehr um die Rettung ihrer selbst. Genauso wenig in die Gesellschaft passend wie der Poncho in das modische Etablissement wird dem Gedanken an die Freiheit der eigenen Persönlichkeit mit der Annahme des Kleidungsstücks Bedeutung und Ausdruck verliehen. Es ist gelungen, die Expedition für das innere Gleichgewicht und für die äußere Erscheinung zu unternehmen, womit der restliche Tag bereitsteht, für die Wochenendplanung genutzt zu werden. Diese Leichtigkeit verführt jeden, der bereit ist, verführt zu werden, mitzuleben und mitzulachen.

Jakob Einfinger erheitert sich in diesem Moment ungefragt und mitfühlend über die Freude über die Freiheit junger Menschen. Hier in dieser Stadt, in der jeder für sich Individualität beanspruchen kann, darf und soll, wirkt die Freiheit besonders unbekümmert. Und so ist ein synthetischer Poncho nicht nur ein Textilstück großer Geschmacklosigkeit. Er ist der Ausdruck, sich gegen Normen stellen zu dürfen und einen eigenen Lebensentwurf zu planen. Er ist das Dokument der Leichtigkeit, ein wenig vom Boden der Konventionen abheben zu dürfen, den eigenen Träumen näher zu sein. Es ist der Mut, neue Wege zu beschreiten und abschätzigen Blicken standzuhalten, für die eigene Meinung. Es ist ehrlich, etwas zu tragen, das einem intuitiv zugesagt hat, aber sich aus konventioneller Sicht dem Geschmackvollen entzieht. Doch das Wichtigste ist, dass der Stoff ein Artefakt der Liebe zweier Menschen darstellt, ehrlicher, ungeordneter und unkonventioneller Liebe. Jakob Einfinger lächelt erneut, als er beobachtet, wie die beiden voller heroischer Zuneigung den Poncho Richtung Kassa tragen, vollkommen sich und den Tag vergessend. Sowohl der junge Mann als auch dessen Begleiterin bestaunen das Kleidungsstück nochmals von allen Seiten. Es wird gewendet, auseinandergezogen, erneut übergeworfen, um dann mithilfe neuer Lichteinstrahlung einer Strukturanalyse unterzogen zu werden. Ihre Freude wirkt echt, ungeschminkt und rein.

Jakob Einfinger wendet sich ab und verlässt den Laden in Richtung Ausgang. Er kann die oft vorgetragene und verallgemeinernde Kritik, die junge Generation sei desinteressiert und faul, nicht nachvollziehen, ebenso wenig die Kritik an einer unfassbaren Konsumfreude, auch wenn vieles dessen, was er und so manch andere in den Siebzigerjahren kritisierten, heute stärker hervortritt, als damals für möglich erachtet wurde. Die Freiheit der Menschen ist gewachsen und hat sich von den Hörsälen hinweg auf den Straßen fortgesetzt: exklusiv, aber keineswegs elitär. Teuer, aber gleichsam billig. Ermöglichend und ebenso verhindernd. Diese eine Welt besteht noch immer aus vielen Puzzleteilen. Ein Poncho der Individualität für die einen, Hunger und Armut für die anderen.

12. Kapitel

Kaum war die Wahrheit ausgesprochen, war der frischgebackene Single Jakob Einfinger in den kommenden Wochen und Monaten trotz der zu erwartenden Unsicherheit entspannter als erwartet. Die tiefe Verbundenheit zu Ruth und das ehrliche Bemühen, an einer neuen Definition von Beziehung zu arbeiten, ließ viele Momente der Traurigkeit von überraschender Heiterkeit durchdringen. Man lernte sich neu kennen. Obwohl das Ende der Gemeinsamkeit absehbar war, kamen immerfort neue und altgeliebte Facetten und Wesenszüge der anderen Persönlichkeit zum Vorschein. Die Tage und Nächte vergingen in einer Leichtigkeit, die beinahe an den Anfang ihrer gemeinsamen Geschichte erinnerte. Sie waren harmonisch miteinander, neugierig aufeinander und auf sich selbst und euphorisch angesichts der unbekannten Zukunft.

Ruth mochte New York. Mehr noch, sie liebte es. Doch die Ungnade der Stadt, ihre unbarmherzige Verweigerung, Ruth einen beruflichen Anschluss zu ermöglichen, gerade jenen Anschluss, der ihr so wichtig war und der niemals Wirklichkeit werden sollte, trübte ihr Verhältnis zu der Weltstadt nachhaltig. Ihre Sehnsucht nach Wien verstärkte sich beinahe täglich und gleichsam wuchs die Sehnsucht nach eigenen Entwicklungsmöglichkeiten; nach einem Ort ungeahnter beruflicher Chancen, die ihr hier so tyrannisch verwehrt blieben. Sie war ausgehungert durch ihre alltägliche Unsichtbarkeit und tief gekränkt von jenen Menschen, die ihr nicht helfen wollten. Jakob Einfinger nahm ihre Ablehnung schon seit langem wahr, doch er erkannte sie erst im Moment der Trennung. Freunde, Bekannte, selbst zufällig Getroffene erklärte Ruth zu Tätern, die ihre Belanglosigkeit in dieser Stadt verschuldeten. Sie wandte sich nicht nur zum eigenen Kind hin, sondern ebenso stark vom gesellschaftlichen Leben ab. Sie zog sich zurück und gab ihren Mann frei, ihn seiner Möglichkeiten wissentlich nicht berauben wollend. Ihre stille Selbstlosigkeit beantwortete er mit narzisstischer Gefräßigkeit. Seine Bühne wurde ihre Garderobe. Sein Gehen war ihr Bleiben.

Das Meeresrauschen im Moment der Veränderung in beider Leben, während die sie in vertrauter Ehrlichkeit am Pier von New York standen, da kündigten bereits knarrende Motorengeräusche das Flugzeug an, das Ruth und ihren gemeinsamen Sohn nach Europa zurückbringen würden. Jakob Einfinger hatte zutiefst Angst vor diesem endgültigen Moment, vor dem Abschiednehmen. Ruths Entscheidung, wegzugehen, um ihr gewohntes Leben in Wien neu beginnen zu können, überraschte nur wenig, jedoch als sie nur wenige Tage später von einem Stellenangebot aus der Wiener Museumsszene zu berichten wusste, wurde Jakob Einfinger bewusst, dass es nun nichts mehr gab, das den Abschied verlangsamen könnte.

„Sicherlich mithilfe ihres Vaters", dachte sich Jakob Einfinger als profunder Kenner der österreichischen Politseele. Doch Ruths strahlende Augen zeigten ihm, dass sein Schwiegervater etwas unternahm, dass auch er, Jakob Einfinger, für Ruth und seinen Sohn getan hätte: Ihren Wunsch zu erfüllen, wenn sich die Möglichkeit dazu ergibt. Ihre Sehnsucht nach Entfaltung, etwas tun zu dürfen, schien über Jahre verschüttet gewesen zu sein. Mehr denn je zeigt sich an der neuen Perspektive die alte Veränderung. Dem Gehabten wurde entsagt, um für das Gegebene freie Hände zu entfalten. Selbst Jakob Einfinger fiel auf, auch wenn er seine alte Lebenspartnerin und neue Freundin nur ungern ziehen lassen wollte, dass jene Frau wieder zum Leben erwachte, in die er sich vor so vielen Jahren in Wien verliebt hatte. Er erkannte sich als junger Grazer Student wieder. Er erkannte Ruth wieder und er erkannte die Richtigkeit des Geschehenen. Das nahm den vielen Momenten des Nichtsagens die Peinlichkeit, dem leisen Augenblick der Trauer die Stille. Manchmal enthob diese neue, strahlende Ruth sogar den Momenten gedämpfter Heiterkeit ihre emotionale Abschiedslast. Jakob Einfinger fühlte sich wohl, wohler als die Zeit zuvor. Und wohler als erhofft.

Zurück an der frischen Luft und im Schatten einer Wolke verschafft sich Jakob Einfinger einen Überblick. Die Reisen in die Vergangenheit hatten ihn weiter entfernt als der Eintritt in das Modegeschäft hätte erahnen lassen. Er benötigt einen Moment, um sich zu sammeln und der Realität Platz zu machen.

Er fühlt sich einsam. Nicht oft, aber gerade jetzt. Die Erinnerung an eine heile Familie, an die Welt von gestern und die spannenden Anfänge in einer ruchlosen Stadt verteilen sich wie ein heißer Tee mit Honig als innere Wärme in seinem Körper. Das Gefühl für die vergangenen Momente darf Wohliges freisetzen, auch wenn der Moment der Entspannung den gelebten Jahrzehnten geschuldet ist. Doch alles ist gut gegangen. Als wäre die Melancholie für Leib und Leben unerträglich, schiebt sich eine lichtundurchlässige Wolke in Richtung Atlantik und lässt einige Sonnenstrahlen hindurch. Die Lichtwellen wärmen wie gewohnt und lassen die Haut im Gesicht spürbar werden; nun darf die Erinnerung verblassen und einer sonnengetränkten Wärme Platz machen. Er fühlt sich wohl in seinem Körper, sowohl der Spaziergang als auch der Saft haben gutgetan, sodass selbst die kleinen Schmerzen des Alters verschwunden scheinen. Ein tiefer Atemzug, als ob er die Kontrolle des aufkommenden Gedankens bedeuten würde. In der Tat, selbst die frische Luft, die tief in seine Lungen eintritt, bewirkt eine Steigerung des Wohlbefindens.

Jakob Einfinger richtet seinen Blick auf die Armbanduhr und muss erkennen, dass es bereits Mittag geworden ist. Erneut hat er einen Tag in den tobenden Wellen der Stadt verbracht und die Zeit vergessen. Noch zu Beginn seiner Amtszeit in New York hätte die Mittagssonne eine gewisse Unruhe in Jakob Einfinger aufkommen lassen, da doch Arbeit zu erledigen war. Heute und seit vielen Jahren mitten im Geschehen und durch Erfahrungen reicher, ist er sich gewiss, dass er einerseits den Alltag spielend zu meistern in der Lage wäre und andererseits spontane Dringlichkeiten nur selten von Bürozeiten reglementiert werden, ganz im Gegenteil. Irgendwie fühlt er sich nicht bereit, seiner Arbeit nachzugehen. Der Tag will anderweitig genutzt werden.

Wieder graben sich unerwünscht Gesichter der Vergangenheit in die Erinnerung. Doch er verdrängt sie mit dem Gedanken daran, dass die Außenpolitik unter dem großen sozialistischen Kanzler doch noch etwas anderes war. Mehr Zeit soll ihm und allen weiteren Persönlichkeiten, die in Jakob Einfingers Leben vorgekommen waren, in seinem gegenwärtigen Bewusstsein nicht gewidmet werden.

In der Tat hatte sich Jakob Einfinger eine Arbeitsweise und einen Fleiß angeeignet, die ihn als Stütze parteilicher und administrativer Organisationen auszeichneten und für die er bis nach Wien bekannt war. Er kann schnell und fokussiert Notwendigkeiten unkompliziert, zufriedenstellend und mit fortwährendem Engagement moderat meistern – was den Mythos Jakob Einfinger begründete. Die jahrzehntelange Pflege seines Netzwerks ist durchaus mit einem ab und an mühevollen Aufwand verbunden, doch im Alltag ist es eine wahre Erleichterung, neben der natürlich gerade in New York immer wichtiger werdenden effizienten Nutzung neuer Medien. So ist es nur wenig überraschend und passt wunderbar in das Bild dieser Stadt, dass Jakob Einfinger, noch während er an die neuen Medien denkt, bereits sein Smartphone in der Hand hält und sich einen Überblick verschafft. Sowohl seine privaten als auch berufliche und genossenschaftliche E-Mails sind in einem Account zusammengefasst. Die permanente Erreichbarkeit als Fluch der Zeit zu verdammen, wäre in der Stadt der virtuellen Revolution geradezu blasphemisch. Jakob Einfinger mag die Technik aus dem berüchtigten Silicon Valley, wo Errungenschaften geplant werden und bisher ungehörig viel Effizienz bereitgestellt wurde. Jakob Einfinger ist sich gewiss, dass die Entscheidung, ob eine Idee gelungen ist oder nicht, weder in der Wüste noch in Hörsälen, sondern auf dem heißen Asphalt von Manhattan entschieden wird.

Beruhigt steckt er sein Handy in die Innentasche seines Sakkos zurück; nichts Neues, nichts Dringliches. Nur seine Vergütungen sind, wie es die Gewohnheit einfordert, in all ihren Möglichkeiten, die sich nun daraus ergeben dürfen, überwiesen worden. Grausam pünktlich, unverschämt viel. Beides weiß der großbürgerlich gutverdienende Beamte Jakob Einfinger zu schätzen. Nun erreicht ihn das wohlige Gefühl zur Gänze, neben seinen Körper auch sein Gemüt. Man möge fast meinen, es wäre Geldgier, doch in der Tat ist es der Begegnung mit der Angst vor dem zu Wenigen geschuldet.

Ruth packte ihre Sachen gemächlich, in einer meditativen Weise, die bereits hätte verraten können, dass sie niemals zurückkehren wird. Das spannende New York wurde zum grauen Nichts in ihrem Verständnis der Welt. Egal welche Neuheiten und

Veränderungen sich in diesen Tagen, aber auch in den folgenden Monaten und auch Jahren ergaben und das Antlitz der Stadt prägten: Ruth nahm sie anfänglich teilnahmslos und später in Wien mit geringem Interesse zur Kenntnis. In den ersten Wochen und Monaten blieb Jakob Einfinger diese Ablehnung verborgen, doch die immer wiederkehrenden mühevollen Gespräche brachten Ruths wahre Gefühle für die Stadt zum Vorschein. Sein Sohn, noch jung und frei von reflektierten Erinnerungen, wird im Laufe seines Lebens weder die Präsenz seines Vaters noch dessen Lebensmittelpunkt so genießen können, wie es der weltberühmten Stadt gebührt hätte, vielleicht auch, wie es seiner Mutter zugestanden hätte. Gerade einmal sein erster Geburtstag war in der gemeinsamen Wohnung in Manhattan gefeiert worden, bevor endgültig die letzte Kiste gepackt war. Es sollte kein weiterer mehr folgen.

Von Wien aus wurde die Scheidung im Einvernehmen geregelt und damit der Liebe ein administratives Ende gesetzt. Der gemeinsame Sohn kam in die Obhut der Mutter und die Rolle des Vaters sollte auf eine finanzielle und optional bereichernde Wenn-Möglichkeit beschränkt bleiben. Das wichtige Einvernehmen umfasste die Großeltern, und so wurden die Einfingerschen

Großeltern in das tägliche Leben des Kindes herzlich aufgenommen.

Schon bei der Unterzeichnung der Regelung, aber mehr noch die Monate danach, als Jakob Einfinger erkennen durfte, dass Ruth sich fair – und wie am Pier in New York – ihm zugeneigt blieb, erlebte er ehrliche Freundschaft mit ihr. Gemeinsame Entscheidungen – das Wort des Anderen hatte Gewicht. Die Orte, wo Entscheidungen getroffen wurden, waren jedoch verschieden, unerwähnt, verschwiegen und in ein Erinnerungsfragment verwandelt, das ihn, den Kosmopoliten Jakob Einfinger, als schlechte Telefonverbindung zeitlebens ummanteln sollte. Sein Leben ist ein anderes als das seines Sohnes, ihre Welt und ihr Alltag unvergleichbar, ihre Ansichten unbekannt.

Der Tag der Abreise kam, wie geplant, nicht zu schnell und nicht zu langsam. So wie es sein sollte. Die vielen Kisten waren schon Tage zuvor von einer Speditionsfirma unsanft und sorglos auf einen mit Graffiti beschmierten Laster gehoben worden, die Habseligkeiten in zwei Koffer gepackt. Jakob Einfinger drückte seinen Sohn innig, ohne ihm in die Augen zu sehen. Er roch das Kindershampoo, die Lotion, sah die feinen Haare des kleinen Wesens ganz nah. Er umarmte Ruth, ebenso lange wie herzlich. Dann gingen sie. Das gelbe Taxi, wie es so viele in dieser Stadt gab, nahm sie in sein Inneres auf. Der Fahrer verstaute die Koffer ebenso routiniert wie genervt, um dann, ohne der Situation nur die geringste Beachtung geschenkt zu haben, loszudüsen. Jakob Einfinger sah ihre Köpfe und spürte die Trauer des Abschieds. Sie drehten sich nicht um, das hätte alles noch schwerer gemacht. Die Blechlawine nahm das Taxi binnen weniger Sekunden auf, sein Hupen verschaffte dem Vehikel den Zutritt zur Mittelspur, das Automatikgetriebe heulte auf – weg waren sie. Der Straßenverkehr mit seiner gnadenlosen Hektik verschlang jeglichen Punkt emotionaler Berührung, um das Einzelne dem unpersönlichen Ganzen einzuverleiben.

Allzu oft kamen Jakob Einfinger Gedanken an diesen Moment in den Kopf, er wurde wehmütig; gern nachts nach einer rauschenden und humorvollen Zeit mit lieben Menschen, und genau dann, wenn der Abschied näher rückte und die Heiterkeit sich auflösen musste. Nicht selten konnte man die Zeit dehnen, sei es nur durch das gemeinsame Warten, bis schließlich eines der gelben Taxis mitnahm, was doch so schön zu behalten gewesen wäre.

Zurück blieb das Gefühl der Unabhängigkeit. Die Rolle als Ehegatte, Ernährer und Verantwortungsträger hatte Jakob Einfinger mehr belastete, als er es sich bisher hatte eingestehen wollen. Die Verpflichtungen waren mit einer Familie gerade fernab der sozialrechtlichen Heimat nochmal größer gewesen, ebenso der emotionale Druck durch Ruths fehlende Etablierung. Nun enthob man ihn – plötzlich – seinen Pflichten, zumindest der emotionalen. Noch als zurückgelassener Familienvater auf der Straße stehend, schoss ihm die Erkenntnis: Er war ein Mann aus Manhattan, ein Mann für sich.

Jakob Einfinger geht die Straße entlang. Noch immer ist sein Ziel, in das Österreichische Kulturform zu gelangen, jedoch reduziert er seine Geschwindigkeit zunehmend. Er sinniert.

Die partnerschaftliche Trennung und damit die Regelung des Sorgerechts wurde in den folgenden Jahren zu einem der dominierenden politischen Themen der modernen Gesellschaft. Damals, Jahrzehnte vorher, gab es gar keine andere Möglichkeit als die praktizierte, auch nicht für Ruth und Jakob Einfinger. Insgeheim war es ihm, dem Karrieristen, recht angenehm, ohne größeren Aufwand aus der jahrelangen Verpflichtung teilentlastet ausgeschieden zu sein. Weder war sein Ausstieg mit einer Begründung zu versehen, noch wurden gesellschaftliche Erwartungen enttäuscht.

Die scheinbare Natürlichkeit der Mutterrolle wurde durch die allgemeine Annahme des Ernährermodells abgerundet. Natürlich gab es bereits damals viel Kritik an diesem anachronistischen Verständnis von Familienrollen, doch wie so oft konnte auch im Falle der Einfingers dem konservativen Weltbild so einiges abgewonnen werden. Die Mutter wollte weiterhin Mutter sein, der Vater sein Leben wie gehabt fortführen. Daher war die Scheidung sogar die liebste Option Jakob Einfingers, denn er wusste, sein Verständnis von Lebensqualität verlangte Freiheit und das Funktionieren eines sozialen Gefüges. Beides konnte er nur dann für sich beanspruchen, wenn seine väterliche Betreuungszeit optional blieb. Somit – wenig verwunderlich – konnte sich das Gefüge, in dem er Individuum und nicht Teil eines Familienverbandes sein konnte, beibehalten werden. Die Teilhabe am gesellschaftlichen Leben und die Wahrung individueller Freiheit blieben sowohl durchgängig als auch amüsant. Sie wegen Verpflichtungen gegenüber anderen Menschen aufzugeben oder Abstriche zu machen, lag Jakob Einfinger so gar nicht.

Nur wenige in seinem Umfeld nahmen von der Scheidung Notiz. Wahrscheinlich war es Ruth ebenso bewusst wie ein Gräuel, dass auch ihr Gesicht in der Sekunde des Abschieds vergessen sein würde. Die Lobgesänge auf ihre Gerichte, die herzlichen Verabschiedungen nach Partys und die teilnahmsvollen Anrufe nach der Geburt galten doch mehr dem Ehemann als ihr. Fast wie immer und als wäre es nie anders gewesen, richteten sich die Einladungen nunmehr an Jakob Einfinger allein, er überreichte die Blumen der Gastgeberin sowie den Wein dem Gastgeber und verabschiedete sich ohne Rücksicht auf weitere Personen im Raum zu jedem Zeitpunkt, der ihm passend erschien. Schon früh – nur wenige Wochen nach dem Abschied von Ruth und seinem Sohn – erleichterte ihn die gesellschaftliche Leichtigkeit. Er durfte dort sein, wo er war, ohne für andere Verantwortung tragen zu müssen. War dies erneut eine glückliche Fügung des Schicksals? War er wieder aus etwas emporgestiegen, dem andere sich mit viel Aufwand entledigen müssen?

Ein junger Mann in einem perfekt sitzenden dunkelblauen Anzug kommt Jakob Einfinger entgegen: adrettes, kurzes, blondes Haar, das streng der Kopfform unterworfen ist, gute Figur, wenn auch nicht muskulös, so doch sportlich, mit einem durch Pflegecreme etwas zu stark gespanntem Gesicht. Der Anblick erfreut den alten Jakob Einfinger sichtlich. Nicht nur wegen der offensichtlichen Qualität des Anzuges – dessen Schimmern in der Sonne verrät beste Qualität und einen sehr geringen Polyesteranteil –, sondern vor allem wegen der Wiedererkennung seiner selbst. Nur selten geben Männer außerhalb New Yorks in ausgewogenem Maße auf ihr Äußeres Acht. Die Balance, einen Haarschnitt mit dem Outfit und der permanenten Sorgfalt für Körper und Geist perfekt zu kombinieren, war, ist und wird immer eine Herausforderung sein, die viel Engagement, Einsatz und Selbstkritik verlangt. Der junge Mann kommt immer näher, ganz mit sich selbst und seinem Tag beschäftigt. Auch die geringer werdende Distanz schmälert Jakob Einfingers Urteil über seine Erscheinung nicht. Das weiß strahlende Hemd unter dem Sakko blitzt der Sonne entgegen, beinahe faltenlos und jene Männer beleidigend, die von ihren Sakkos eine Umrahmung der unnötigen Rundungen erfahren müssen. Jakob Einfinger bleibt stehen, mag sein, um sein leichtes Humpeln zu verdecken oder um die nun plötzlich notwendig gewordene Sonnenbrille in seiner Tasche zu suchen. Jedenfalls gibt er dem Gefühl nach, jetzt gerade nicht in Bewegung sein zu wollen, sondern Stabilität zu benötigen. Still verharrend haftet sein Blick an dem jungen Mann, der anscheinend leichtfüßig und ohne Wahrnehmung der eigenen Perfektion ist, der seine Nase berührt, um die Kälte seines Gesichtes zu ertasten. Mit der erhobenen Hand wird schön erkennbar, dass sogar die Hose perfekt sitzt. Das verarbeitete Material umschmeichelt die Beine, ohne unnötig eng zu sein, der Beinabschluss an den Schuhen ist genau geschnitten und zeugt von solidem Handwerk. Der Schritt ist geradlinig, ähnlich der gesamten Haltung des jungen Mannes, ohne dass er jedoch aggressiv oder kämpferisch wirkt. Vielmehr entsteht der Eindruck von Zielstrebigkeit und Enthusiasmus, beinahe ansteckend in der fließenden Ausführung. Immer wieder gleitet das Sakko zur Seite, weswegen der dezente Gürtel zum Vorschein kommt. Die bronzene Gürtelschnalle war passend zur Armbanduhr gewählt, sogar die Schnürsenkelösen der Schuhe schimmern in derselben Farbe.

Dem jungen Mann muss etwas Seltenes zugesprochen werden: Perfektion für diesen einen Moment. Als wäre das Urteil laut ausgesprochen worden, neigt sich der Augenblick dem Ende zu. Entgegen der Erwartung aller Anwesenden wechsel der junge Mann weit vor dem Schutzweg die Straßenseite. Elegant, den Blick auf die Straße gerichtet, springt er über den Bordstein, wobei die Bewegung fließend erscheint. Eindeutig ist ihm körperliche Koordination nicht fremd. Jakob Einfinger nimmt zufrieden Abschied von der perfekten Situation, noch immer stillstehend und noch immer ohne Sonnenbrille.

13. Kapitel

Der Einsamkeit musste Jakob Einfinger keineswegs entfliehen, auch Jahre nach der Trennung nicht. Noch bevor sich eine frustrierende Langeweile wegen der gesellschaftlichen Anlässe aufgrund ihrer jahreszyklischen Wiederholungen breit machen konnte, wurde in mehreren vertraulichen Telefongesprächen mit Wien auf die jüdischen Verbindungen angespielt. Der routinierte Vertrauensmann Jakob Einfinger erkannte die Andeutungen sofort und versicherte, auch weiterhin in gutem Austausch mit jüdischen Familien zu stehen, die sich in irgendeiner Weise in Verbindung mit den Vereinten Nationen und Österreich befänden. Anfangs nahmen seine Freunde dies in Wien beruhigt auf, doch mit der Zeit spürte er eine Anspannung, die sich durch einen Hinweis konkretisierte: Die Situation könne sich für eine Person mit österreichischer Zugehörigkeit schon bald schwierig gestalten.

Der Staatsdiener Jakob Einfinger konnte aus den Andeutungen keinen schlauen Schluss ziehen und versuchte daher bewusst, keine offenkundige Neugierde zu entwickeln. Seit seiner Ankunft war New York City in eine gesellschaftspolitische Auseinandersetzung verwickelt, weswegen sich sein eigenes Leben schon bald als schwierig herausstellen könnte.

In Jakob Einfingers Sichtfeld gerät ein dürrer Baum. Die wenigen Blätter hängen erbärmlich an den letzten Fäden und schmücken das hölzerne Gerippe. Jakob Einfinger hat von der anderen Straßenseite eine gute Sicht. Der morsche Stamm, die verdorrten Äste und das herabgefallene Laub verlautbaren das Ende und keinen Winter. Regungslos wie Bäume nun mal sind, wirkt dieses Exemplar ungleich regungsloser. Vielleicht mag sich noch irgendwo in den tiefen Wurzeln ein lebensspendender Saft befinden, doch wird er nicht mehr ausreichen, um das Gehölz zu retten. Nichts kann dem Gerippe noch helfen. Als wäre es eine Gnade, zieht jeder Windstoß unbemerkt vorüber.

In seiner weitläufigen Wohnung hätte Jakob Einfinger große Partys geben können, doch sah er davon aus Bequemlichkeit ab. Trotz der fehlenden Wertschätzung, oftmals Gast, doch nur selten Gastgeber zu sein, tat dies seinen Einladungen keinen Abbruch. Schon bald kannte man sich, lernte sich schätzen oder war von der Wichtigkeit des anderen vollkommen überzeugt, denn allzu oft offenbaren sich Reichtum und Gestaltungsmöglichkeit einer Person erst beim zweiten Aufeinandertreffen. Umso mehr entging

Jakob Einfinger nicht, dass bekannte Gesichter ab und an fehlten oder gar gänzlich verschwanden. Jakob Einfinger folgte dem Protokoll der Höflichkeit und stellte keine Fragen, doch er konnte unmissverständlich feststellen, dass so manche schwere Krankheit gern gesehene Personen an der Teilnahme an den vergnüglichen Abenden hinderte. Das säuselnde Wispern einer Botschaftergattin, die mit einem Augenverdrehen nicht nur ihrer Geringschätzung Luft machte, sondern gleichsam zu erzählen wusste, dass so mancher Mann in dieser Stadt der Sünde verfallen sei und daher erkranke, blieb anfangs Getratsche. Zwar lauschte Jakob Einfinger dem Geschwätz aufmerksam, schenkte ihm aber nie außergewöhnliche Beachtung, sondern verließ die indiskrete Runde, um nach einem weiteren Glas Champagner die Party auf leisen Sohlen zu verlassen.

Diese Art der üblen Nachrede war durchaus nichts Ungewöhnliches, weder in der Politik noch in der Diplomatie oder auf den Straßen einer Stadt. All die Gespräche, vor allem das Geschwätz, hatte New York und sein lebendiges Leben, die Menschen vor Ort und in der Welt fest im Griff. Die Vereinten Nationen waren zwar für Weltthemen zuständig, aber allzu oft wurden Sitzungen mit jenen Themen begonnen, die man zuvor im Straßenverkehr als solche erkannt hatte. Ob die Emanzipation der Frau oder die Gleichstellung schwuler Männer, vieles bewegte die kürzer oder länger verweilenden Gemüter im Büroturm auf internationalem Boden mitten in Manhattan. Jakob Einfinger konnte damals erkennen, dass für viele die Straßen von Manhattan dem Vorhof zur Hölle ähnelten, fanden doch so viele einiges ihrer selbst darin wieder. Die Anziehungskraft der Freiheit war stark, die Möglichkeiten vielseitig und die Einsamkeit chancengebend. Doch all das war nur die eine Seite der Medaille, die andere Seite war geprägt von heimischen Verzierungen. Die soziale Enge der Herkunft war spürbar, die Einschränkungen mannigfaltig und die Kontrolle allumfassend. Niemand konnte dem anderen wirklich vertrauen, wenn es um persönliche Schwächen ging. Zwar blieben die Medien weitestgehend außen vor, doch dies änderte nichts an den internen Konsequenzen. Jakob Einfinger hatte mehrfach miterlebt, wie die örtliche Polizei bei einer Razzia einen Diplomaten in einer brenzligen Situation ertappte und die Feststellung seiner Identität zwar keine Verhaftung, aber dennoch eine protokollarische Notiz erfuhr. Wenig überraschend waren natürlich viele Neigungen der Kollegen bekannt und manche davon gar nicht so unauflöslich verschlüsselt oder geheim. Aber gerade liberale Staaten wussten das Privatleben ihrer Vertreter zu respektieren. Dennoch war die Etikette der Diplomatie ein Ideal, dem entsprochen werden musste, und so blieb vieles am internationalen Parket vertrauliche Anspielung und beim privaten Zusammentreffen ein distanziertes Nicken.

Jakob Einfingers Geduld hatte sich gelohnt. In einem Telefonat aus Wien fiel endlich ein Name. Einfinger möge genauere Informationen zum Generalsekretär der Vereinten Nationen beschaffen. Man solle einigen Gerüchten Aufmerksamkeit schenken. Jakob Einfinger war ein wenig irritiert, doch keineswegs überrascht, und nahm die freundliche Order entgegen. Bei der darauffolgenden Begegnung mit Nikolaus Streuber fühlte er erstmals nach vielen Jahren der Zusammenarbeit Misstrauen; beinahe so, als hätte der ehrwürdige Botschafter jedes Detail mitgehört. Ohne die Fassung zu verlieren, widmete sich Jakob Einfinger seinen täglichen Aufgaben, nicht, ohne im Geheimen darüber nachzudenken, wen er als vertrauenswürdigen Informanten zu einem Kaffee einladen könnte.

Nur wenige Momente später klopfte es an der Tür und noch bevor ein Eintreten erlaubt werden konnte, betrat Streuber Jakob Einfingers Büro, schloss die Tür hinter sich und nahm gemächlich Platz. Die Irritation des konfliktscheuen Jakob Einfinger war spürbar, wenngleich er sich gewiss war, mit diesem Gentleman gesittet debattieren zu können. Der Botschafter schwieg und blickte zum Fenster hinaus. Gefühlt Minuten, doch in Wahrheit nur Sekunden vergingen, bis Streuber ihm eröffnete, dass manche Menschen in ausweglose Situationen geboren wurden, doch dank eines gnädigen Schicksal der Ausweglosigkeit entfliehen konnten. Manchmal sind es nur wenige Momente in einer Biografie, die unbedacht angesammelt, jedoch später bedeutungsschwer wirken könnten. Der Zuhörer Jakob Einfinger blieb stumm; zweifelsohne war seine Order Grund für das Gespräch und der Inhalt der Order Thema der Konversation. Streuber versuchte – offenkundig angespannt – ihm ein Beispiel aus seiner langen Familiengeschichte zu entlocken, doch misslang ihm dies deutlich. Die Minuten verstrichen und die sonst so exakt gehaltenen Stränge einer Erzählung blieben lose und frei von Zusammenhängen. Er stoppte und blickte nun seinem Mitarbeiter direkt ins Gesicht. Seine Augen waren müde und doch klar, seine geistige Schnelligkeit spürbar und doch wirkte er wie von einer körperlichen Schwäche übermannt. Er wirkte plötzlich alt. Der Botschafter erhob sich aus dem Sessel und sagte, dass er froh sei, in dieser Zeit gewirkt zu haben, und dass es Menschen benötige, die diese Zeit in der richtigen, in einer anderen Weise formen würden. Wieder Schweigen. Bevor sich die Hand in Richtung Türe bewegen konnte, drehte sich Streuber nochmals um. Der Generalsekretär, so seine leisen Worte, habe sich in vielen unschönen Momenten wiedergefunden, jedoch seien nur manche davon relevant. Er senkte den Blick, öffnete die Tür und verschwand.

„Niemand hat es damals gewusst, keiner hätte es geglaubt", urteilt der um eine Erkenntnis reichere Jakob Einfinger. Er betrachtet den knochigen Baum und sieht plötzlich ein Glitzern am Stamm. Ganz offenkundig verzieren Dekorationen aus alten Zeiten die Hülle. Nun wirken sie jedoch grotesk, reflektiert das Material die Sonne und schmückt etwas, dessen Schmucklosigkeit authentischer gewesen wäre. Das Bild fühlt sich für Jakob Einfinger falsch an, mehr noch, es irritiert ihn. Als wäre die Dekoration eine Provokation oder noch schlimmer, eine hämische Zurschaustellung der toten Gestalt eines Baumes. Er fühlte die innere Rage und muss den Blick abwenden.

Nikolaus Streuber legte zwar großen Wert auf den Zusammenhalt in seinem Büro, doch die Termindichte ließ ihm zeitlebens nur wenig Raum für Persönliches oder gar Möglichkeiten, das Gemeinsame zu gestalten. Die Jahre bei den Vereinten Nationen waren Jahrzehnte diplomatischer Dichte und die Rolle des österreichischen

Botschafters wegen dieser und folgender Regierungen in Wien von ungemeiner Wichtigkeit. Jakob Einfinger musste neidlos eingestehen, dass Streuber nicht nur eloquent, sondern auch angenehm jegliche Unterhaltung zu gestalten wusste und ebenso nachhaltig von dem Netzwerk seiner Familie profitierte. Wo er auch in Erscheinung trat, angekündigt oder gar spontan, die großen Namen vergangener Zeiten empfingen ihn anstandslos. So fügte er, dem ohnehin dichten diplomatischen Programm, viele private Verpflichtungen hinzu. Nicht selten nahm der er an zwei Empfängen pro Abend Teil, wovon manche unter Ausschluss der Öffentlichkeit stattfanden und mit renommierten Gästen die Wichtigkeit seiner Person unterstrichen. Dabei warf er auf so manchen Außenminister einen merklichen Schatten elitärer Kälte.

Gutberatene Außenpolitiker, insbesondere die europäischen, wurden oftmals flink angeleitet, Nikolaus Streuber persönlich Aufwartung zu machen. Selbst in New York, dem neuzeitlich-kapitalistischen Wien der Nachkriegsordnung, reichten Streubers Verbindungen bis tief in die großen industriellen und jüdischen Familien hinein. Nicht selten waren die Verbindungen von Nutzen, um langwierige protokollarische Notwendigkeiten auszuhebeln und mit entsprechendem Eifer in die Umsetzung gehen zu können. Auch war Mut fast mit den Händen greifbar, wenn der Botschafter die Bildfläche betrat, um informelle Vorarbeiten formal erbitten zu dürfen, die immer ein zufriedenstellendes Ergebnis erwarten ließen. Gerade die Bitten – trügerisch als Frage formuliert, doch vielmehr eine Klarstellung – waren der bedeutendste Nachweis von Streubers Macht. Selbst konservative Sekretäre und Politiker ohne große Namen konnten die ehemals aristokratischen Kreise betreten, aber niemals Wünsche oder gar Bitten deponieren. Dass damals wie heute ein Sozialist in dieser Gesellschaft unerwünscht war, überraschte wenig.

Jakob Einfinger war sich dessen von Anfang an bewusst, stand doch der Arbeiteradel in Österreich dem Prinzip des exklusiven Namens ähnlich gegenüber. So wenig die Grenzen sichtbar waren, so klar waren sie spürbar für jene, die dazu gehörten, und für jene, die niemals dazugehören würden. Dennoch erkannte Jakob Einfinger in Streuber einen diffizilen Lehrmeister, der ihm auf vielen Dienstfahrten durch kleine Bemerkungen wichtige Hinweise zu geben in der Lage war. Jakob Einfinger war sich sogar sicher, dass sein Vorgesetzter diese Zeitfenster, in denen der Chauffeur durch die Untiefen von Manhattan steuerte, bewusst ihm widmete, um nicht nur seine innige Sympathie zum Ausdruck zu bringen, sondern dem jungen aufstrebenden Sozialdemokraten auch das informelle

Tun zu vermitteln. Mehr als einmal sprach Streuber von Bourdieu und dessen Theorien. Er ermahnte Jakob Einfingers ständig zum Lesen philosophischer Werke, zur Neugier an der Wissenschaft, und er insistierte ständig auf der unsagbar wichtigen Rolle von Tageszeitungen.

Eventuell sah der Botschafter in Jakob Einfinger mehr als nur einen Mitarbeiter, vielleicht sogar ein brauchbares Talent, das Jakob Einfinger selbst noch verborgen war. Oder Streuber erkannte in den jungen Grazer einen ambitionierten Politiker – eine Chance für das Außenministerium –, die er nicht ungenutzt lassen wollte. Am Ende glaubte Jakob Einfinger, dass es Streuber nur zufrieden war, ein Pendant in einer Welt gefunden zu haben, die ihm so fremd war: die sozialistische Regierung in Wien.

Die Jahre vergingen, ohne dass Jakob Einfinger jemals Antworten auf diese Fragen erhielt. Tage, Aufgaben und Herausforderungen lösten sich ab, dem gnadenlosen Terminkalender des Botschafters streng folgend und um das Thema des Generalsekretärs entfaltete sich der Mantel des Schweigens.

Als Streuber endgültig und offenkundig schwer erkrankte und die permanente Erreichbarkeit und seine weitreichenden Zuständigkeiten ihm mehr abverlangten, als er zugeben konnte, blieb zwar ein Schimmer seiner Persönlichkeit erhalten, doch seine körperliche Vitalität wurde weniger. Seine Krankheit forderte von seinem Körper einen unangemessenen Tribut. Zuerst ein Herzleiden, dann die Krebserkrankung. Der Gang des Unvermeidlichen war vorgezeichnet, denn jegliche Einmischung seines Büros in private Angelegenheiten – und sei es nur die Bitte um Schonung – blieben weiterhin unerwünscht; die Krankheit wurde zur Privatsache erklärt. Nach einem nur dreimonatigen Bangen entschlief der Botschafter Nikolaus Streuber sanft in seiner Wohnung an der Upper West Side von Manhattan. Die feuchte Hitze des regnerischen Sommertages wurde zum Geleit, die jüdischen Ärzte vor Ort zu Protokollaren und die Familie wandelte sich zur Mahnwache. Noch in der letzten Woche formulierte der Botschafter persönlich Telegramme in alle Welt, redigierte sie und nahm sich sogar die Zeit für eine letztgültige Freigabe zur Übermittlung nach Wien. Empfänge, Verpflichtungen und politische Auskünfte hatten im Namen des Botschafters unter beständiger Strenge schnell und korrekt abgearbeitet zu werden, auch oder gerade, wenn er selbst nicht teilnehmen konnte. Nun, an diesem schwül-hitzigen Tag, an einem jener Momente in New York, wo jede Bewegung den Körper der Erschöpfung nahebrachte, lag die Pflicht des letzten Telegramms bei Jakob Einfinger persönlich: die Depesche nach Wien über das Ableben des österreichischen Botschafters bei den Vereinten Nationen. Auch sie wurde pflichtgetreu in der Klarheit der Tatsache und noch am gleichen Abend an das Außenministerium übermittelt, sodass die Nachricht die österreichische Bundespolitik zu Dienstbeginn erreichen würde.

14. Kapitel

Gab es im Beamtenleben Jakob Einfingers jemals die Gefahr, in einen steilen Karriereweg gedrängt zu werden, so war dies in jenen Wochen nach dem Tod Nikolaus Streubers am wahrscheinlichsten. Unzählige Gespräche über Wenn-dann-Möglichkeiten wurden mit feuriger Leidenschaft und geifernder Hingabe in den Gremien der österreichisch-sozialistischen Partei geführt. Schon in seiner Jugend war Jakob Einfinger allzu bewusst, dass der personifizierte Derivatenhandel von Karriereoptionen abendliche Sitzungstermine füllen konnte. Eigentlich, und dessen ist sich Jakob Einfinger heute vollkommen sicher, sind Politgespräche unter Parteifreunden mehrheitlich Eventualitäten gewidmet.

Doch in der Tat und in den Wochen nach Streubers Ableben wurden genau diese Eventualitäten zumindest für einen kleinen Kreis interessierter Kabinettsmitglieder zur Masse formbarer Zukunftsentwürfe, aus denen etwas Neues und Langanhaltendes geschaffen werden konnte. Der Botschafter bei den Vereinten Nationen war durchaus eine der renommiertesten Stellen im außenpolitischen Amt, wenn nicht sogar die beste Position schlechthin. Niemand, nicht einmal der österreichische Botschafter in Washington, kam regelmäßig, formell und informell, mit so einer

Vielzahl wichtiger Persönlichkeiten der Weltpolitik in Berührung; wenngleich es sich dabei meist nur um Gesandte von Wichtigkeit handelte. Keine diplomatische Vertretung hatte mehr Kontakte, Gespräche und Depeschen abzuarbeiten und genoss gleichsam solch weitreichende Autonomie. In der Tat war die Ständige Vertretung als österreichischer Botschafter bei den Vereinten Nationen jenes Parkett, das einen alten Traum der kaiserlichen Diplomatie anachronistisch zur Anwendung brachte. Sowohl die Dienstwohnung mit Hausangestellten und der Chauffeur als auch die beachtliche diplomatische Belegschaft waren teils der administrativen Notwendigkeit und teils der Nostalgie des kleinen verbeamteten Österreichs geschuldet.

Die Fassade der Wiener Arbeitersiedlung bekam jedoch mancherorts Risse. Zwar konnte das Porträt des großen sozialistischen Kanzlers zwar noch vieles verdecken, doch jene, die einen Blick hinter das Werbetransparent des blaugekleideten Arbeiters warfen, erkannten die tief ins Mauerwerk hineinreichenden Wasserflecken langandauernder Macht. Dabei verschaffte sich ein kleiner kritischer Kreis, der Analogien zur konservativen allmächtigen Regierung des vorherigen Jahrzehnts zu ziehen wusste, nur selten und leise Gehör im Gremium. Unbestritten blieb für den tapfersten Optimisten, dass nicht jedes Wahlergebnis besser werden könne und der soziale Aufstieg vieler Menschen im Land ebenso einen Bewusstseinswandel, schlimmer noch, einen Parteienwandel, mit sich bringen könnte. Gerade die berüchtigte 1968er-Generation war, philosophierte Jakob Einfinger, das beste Beispiel für das Potential der sozialen Wandelbarkeit, auch in Österreich. Ein Wandel – und dieses Detail verschwieg der beredsame Beamte – kann natürlich zu einem konservativen Schwenk führen. Mehr an Beiträgen hatte, wollte und konnte der Sozialist Jakob Einfinger damals wie heute nicht beisteuern. Er war weder bisher als Wahlwerber aktiv gewesen oder gar in repräsentativer Verantwortung, noch hatte er die politische Gesamtdimension mitzutragen. Entsprechende Ratschläge waren und sind somit, ähnlich wie in der Diplomatie, nur gern gesehen, wenn sie am Ende einen humorvollen Übergang anboten und das übergeordnete Gespräch voranbrachten.

Der erste Anruf aus dem Kanzleramt erreichte Jakob Einfinger bereits in der Nacht, kurz nachdem die Trauer-Chiffre Richtung Wien abgesetzt war. Einmal aus dem Schlaf gerissen und in den Wachzustand versetzt, gab es keine Zurückhaltung für Jakob Einfinger mehr und so wurden weitere Gespräche mit unterschiedlichsten Freunden aus den verschiedensten Büros angenommen. Die

Stoßrichtung war beinahe immer dieselbe: Wer solle nach New York und wen könnte der vertraute Genosse Jakob Einfinger empfehlen? Viele seiner Freunde waren durchaus gewillt, ihm selbst diese tragende Rolle zu überlassen; entsprechende Nachschulungen in Wien und eine schnelle wie stille Besetzung durch den Ministerrat vorausgesetzt. Der trotz Schlaftrunkenheit wachsame Jakob Einfinger erkannte im Erstgehörten bereits die spürbare Gefahr, nun tatsächlich in die höchsten innerösterreichischen Kreise der politischen Elite gebracht zu werden. Ein Spiel, in dem er nicht vorkommen wollte, da er die Konsequenzen allzu gut kannte. Mehr noch, ein Spiel, in dem er nur verlieren konnte, so jung und so unerfahren, wie er noch war. Spitzenpositionen in der Verwaltung, Diplomatie oder Politik waren der Garant, sich Neider zu schaffen, die viel Kraft investieren würden, das Ende der Spitzenkraft zu erwirken. Besonders dieser Tage, mit einer sich langsam breitmachenden Nervosität, in der sich neuformierenden Sozialdemokratie, wo die Namen junger Männer als Prototypen politischer Genialität von morgen so schnell verworfen wurden, wie sich andere neue Gesichter bemüßigt fühlten, sich selbst ins Spiel einzubringen. In dieser Zeit war es einem zur Lebensqualität hingezogenen Mann wichtig, nicht genannt zu werden. Dabei dachte der ohnehin unbequem situierte Botschaftsmitarbeiter Jakob

Einfinger ähnlich wie viele Abgeordnete und Vertreter der zweiten Reihe: Unerwähnt zu bleiben, war der beste Garant dafür, zu bleiben.

Die Nervosität von damals erfasst den in die Jahre gekommenen Spaziergänger Jakob Einfinger erneut. Der junge Mann mit seinem beeindruckend gut passenden Anzug hat schon längst den Wahrnehmungsradius verlassen, als sich Nervosität in Jakob Einfingers Körper einnistet. Ein Citybike zischt an ihm vorüber. Eine junge Frau mit wallendem braunem Haar und flatterndem weißen Kleid tritt mit voller Kraft in die Pedale, als müsse sie sich mit Fußtritten gegen den Autoverkehr durchsetzen. Sie ist viel zu luftig gekleidet, denn der Wind offenbart auch die Unterwäsche. Ihre Schnelligkeit ist atemberaubend, nach nur wenigen Sekunden sind weitere Details ihrer Erscheinung in die Ferne verrückt. Nur noch die lockigen Haare sind erkennbar und Beweis für die gekonnte und ruckartige Bewältigung des Verkehrs und der Straßenführung. „Wenn-dann-Optionen", murmelt Einfinger freudig.

In der Tat war zum damaligen Zeitpunkt die Wenn-dann-Möglichkeit ähnlich einer Waagschale, die minütlich kleine Gewichte auf der einen oder auf der anderen Seite auszubalancieren hat, ohne zu wissen, wann der Blick für eine Entscheidung auf die Gewichtsverteilung gelegt wird. Gleichsam wusste Jakob Einfinger, dass er selbst nur marginalen Einfluss nehmen konnte, und er tat alles, indem er nichts tat. Zustimmend oder schweigend, fragend oder ausweichend, verdeckt, nie offen, so fielen seine Antworten aus. Er wusste, es war ungemein wichtig, in Ruhe und strategisch zu denken und seine Wünsche zu verdecken.

Am Ende dauerte es keine Woche, bis die Entscheidung klar war: Der Kanzler entschied persönlich und ebenso plötzlich – seine Berater hatten ihm dazu geraten –, einem konservativen Diplomaten den Vorzug zu geben. Dessen Name und Ausbildungsweg sprachen eindeutig für ihn. Wenn auch, so war sich Jakob Einfinger sicher, Nikolaus Streuber ohne große Überlegungen und mit einem Augenzwinkern erneut Pierre Bourdieus Theorien für diese obligatorische Entscheidungsfindung bemüht hätte. Die Klasse spricht für sich.

In beinah blasphemischer Schnelligkeit kehrte im kleinen administrativen Österreich von New York erneut Ruhe ein. Der Alltag meisterte sich problemlos, ohnehin bestanden die Hauptaufgaben in der Absage persönlicher Einladungen, in der Vertretung von Terminen und in der Danksagung auf unzählige Beileidsbekundungen. Dieses Abarbeiten in der Vertretung funktionierte hervorragend, weswegen Jakob Einfinger lediglich kleinere Vertretungsaufgaben übernehmen musste. Dabei handelte es sich nicht nur um protokollarisch geregelte Prozesse, sondern sie waren vor allem für einen gewöhnlichen Botschaftsmitarbeiter ohne großen Aufwand möglich. Als Vertretung war zwar der nahezu als solche verstandene Jakob Einfinger geduldet, jedoch im Kreis der Botschafter keineswegs akzeptiert. Seine Rolle blieb eine stille und in den Pausen eine freundliche. Beides gelang ihm so erfolgreich, dass durchaus einige Botschafter das Verlangen verspürten, die Haltung eines gewissen Österreichers Jakob Einfingers in Wien löblich zu deponieren.

Ob dies die Entscheidung beeinflusste, konnte der Sozialist und baldige Sozialdemokrat Jakob Einfinger nie in Erfahrung bringen. Wahrscheinlicher war jedoch, dass viele seiner Freunde und der langdienende Kanzler selbst, sich die Wichtigkeit einer parteipolitischen Linie nach New York in Erinnerung gerufen hatten.

So oder so, nur einen Tag, nachdem die Entscheidung getroffen war, wer als Ständiger Vertreter Österreichs bei den Vereinten Nationen in New York nachfolgen soll, und dies im Ministerrat abgestimmt worden war, erhielt Jakob Einfinger ein persönliches Telegramm aus dem Ministerium für Unterricht und Kunst, in dem ihm die Position eines Attachés ohne Portfolio an der österreichischen Vertretung bei den Vereinten Nationen in New York zugewiesen wurde. Das Schreiben war formal, aber doch mit Herzlichkeit aufgesetzt und persönlich durch den Minister, der sowohl der Wissenschaft als auch der Kunst in sozialistischer und aristokratischer Perspektive zugetan war, gezeichnet. Überrascht, aber ebenso erfreut kam der junge Mann aus Graz wieder zu jenem Ziel, das er sich nicht vorstellen konnte, das jedoch genau das widerspiegelte, was er für sich erdacht hatte.

Seine Rolle im Vertretungsbüro blieb dieselbe, jedoch stiegen sowohl die Vergütung als auch sein Ansehen. Als Attaché genoss er nicht nur mehr diplomatische Freiheiten, sondern auch protokollarische Vorzüge. Vertretungen eines Botschafters waren nun ebenso mit vollem Ansehen möglich, wie eigene Verpflichtungen offiziellen Charakters einzugehen. Der Beisatz „ohne Portfolio" unterstrich die eigentliche Wichtigkeit, denn damit definierte sich die Zuständigkeit des Attachés Jakob Einfinger auf den gesamten Tätigkeitsbereich des Botschafters, ohne Schwerpunkte zu nennen. Zwischen Washington, Moskau und Wien gab es wohl keine erstaunlichere Position, die an Sicherheit, Besoldung, Ansehen und

Beständigkeit übertroffen werden konnte. Das Beamtenrecht der Republik kam hinzu.

Jakob Einfinger war zufrieden. Er war nun an jenem Punkt angelangt, den er sich als junger Student nicht hätte erträumen lassen. Doch ob im nebeligen Schwelgen seiner Jugend oder nicht, seine Pflichten waren ihm bewusst. Er kontaktierte seine Freunde in den Kanzleien der österreichischen Bundesregierung, um neben seiner telefonischen Aufwartung indirekt Dankbarkeit zu zeigen. Das Spiel wurde von seinen Freunden durch eine schauspielerisch vorgetragene Überraschung und folglich einer Gratulation abgerundet. Danach folgte der Anruf bei den Eltern, die in ihren Glückwunschbekundungen einen scharfen Unterton hörbar werden ließen. Einerseits blieb ihnen die Bedeutung des Wortes „Attaché" verborgen – weiterführende Erklärungen halfen wenig –, andererseits nagte die Ungeduld wegen der politischen Karriere des Sohnes ein wenig an ihren Nerven. Beides wollte der frisch ernannte Attaché und langdienende Sohn Jakob Einfinger nicht kommentieren: Den Titel deswegen nicht, weil die wahren Gründe zu sehr nach Faulheit rochen, und für die Politik gab es schon seit Langem keinen Kommentar mehr.

Nachdem die Nachfolge geregelt war, blieb in den Büroräumen der Ständigen Vertretung

Österreichs bei den Vereinten Nationen in New York wieder mehr Zeit für den Alltag. Jakob Einfinger konnte nicht nur seine Beförderung mit seinen Kollegen würdig begießen, sondern auch Ordnung in den vertraulichen Unterlagen schaffen. Personelle Wechsel bringen immer die Pflicht mit sich – so lernte Jakob Einfinger als Diplomat äußerst schnell –, Unterlagen dem anstehenden Wechsel anzupassen.

Nach dem feierlichen Anstoßen kehrte Jakob Einfinger mit einem halbgefüllten Whiskeyglas in sein Büro zurück, wo er sofort einen blauen Umschlag auf seinem Schreibtisch entdeckte. Sein Name stand in der Handschrift des verstorbenen Botschafters in der Mitte und Jakob Einfinger war umgehend bewusst, dass nun der Zeitpunkt war, zu dem das Gespräch am selben Ort wie früher fortgeführt werden sollte. Nachdem er Platz genommen hatte, das Glas abgestellt war, öffnete er den Umschlag sanft. Mehrere Blätter Papier, um die zehn Seiten, waren zu sehen, ebenso eine kleine Karteikarte. Die kleine Karte gab ihm recht, denn ohne weitere Erklärungen oder gar einen Namen wusste sie mitzuteilen, dass das Wissen zum richtigen Zeitpunkt die Chance auf Veränderung innehat. Jakob Einfinger schloss das Kuvert wieder, nicht ohne die Insignien staatlicher Geheimdienste an den oberen Rändern der innenliegenden Papiere zu erkennen, gab es in seine Aktentasche und kehrte nach Hause zurück, um sich für eine Dinnerparty vorzubereiten.

15. Kapitel

„Wenn wir damals gewusst hätten, was uns die Jahre danach für Überraschungen bringen würden", weiß Jakob Einfinger zu kommentieren.

So wie die beständige Sonne durch Wärme den Körper austrocknet, so entwich das Wasser den Poren des österreichischen Sozialismus. Ewige Machtfantasien, weitreichende Missstände und der Glaube an die unendliche Kanzlerschaft zermürbten die Parteigremien, sodass Worte nur mehr wie Fetzen an vertrockneten Mündern herabhingen. An der bundespolitischen Allmacht gelabt wurde alles außerhalb der Parteizentren gern einer politischen Einfalt überlassen. Der Dilettantismus einer jungen Bewegung wurde gerade an jenen Punkten sichtbar, wo die alten Strukturen mit dem üppigen Barockschimmer konventioneller Gremien und dem Stuck des guten Namens zum Vorschein kamen: in der Außenpolitik.

Das Interesse an einer globalen Verantwortung für die Welt wurde – trotz des stärker werdenden Anspruchs, global zu denken – geringer, und die eurozentristische Perspektive, wie es schon bald in vielen Communiqués zu lauten hatte, bedeutender. Das Nahe wurden zugunsten des Weiten eingewechselt, nicht erkennend, dass es kein

Entweder-oder sein sollte. Die großen Bühnen wurden nach Europa verlegt, dorthin, wo die Wirtschaft ihre Schwerpunkte sah. Gesellschaftliche Bewegungen, eine globale Perspektive und die Vereinten Nationen als Idee wurden zunehmend unwichtiger.

Jakob Einfinger nahm nach seinem unverhofften Aufstieg die Situation als gegeben hin. Seine Meinung schätzte man anlass- oder anliegenbezogen, doch weitere Einwürfe waren nicht willkommen. Seine Eloquenz und sein Humor avancierten in diesen Jahren in Wien zum Kult. Die Kurzbesuche in seiner Heimat waren terminlich gespickt mit Vorträgen, Diskussionen und Abhaltungsterminen für Schulungen. Junge wie Alte, Frauen und Männer, kritische wie angepasste Denkerinnen und Denker, alte Bekannte wie neue Unbekannte lauschten seinen Ausführungen über die Vereinten Nationen und erlagen der strahlenden Eleganz seiner Internationalität. Jakob Einfinger genoss die Bühne, wo er sie fand, und wusste die guten Ratschläge seines Mentors Nikolaus Streuber zunehmend bewusst und authentisch umzusetzen. Obwohl seinem wahren Alter noch nicht ganz entsprechend, erkannte sich der Wahl-New-Yorker schon bald in der Rolle des Grand Seniors wieder; der Botschafter wäre stolz gewesen.

Die Sonne sticht Jakob Einfinger in die Augen. Direkt zwischen dem Rand seiner Sonnenbrille und den Augenbrauen hindurch. Der einzig mögliche Weg. Irgendwie unbewusst scheint er es doch geschafft zu haben, seine Netzhaut zu schützen. Die braune Färbung der Gläser hilft, den klaren Blick zu bewahren. Noch immer ist er seinem Arbeitsplatz nicht entscheidend nähergekommen. Ganz im Gegenteil, das Umfeld verrät Schlimmes: statt Richtung Norden zu flanieren, ist Jakob Einfinger westwärts gegangen.

In der Tat hat die Vertretung bei den Vereinten Nationen seither an Bedeutung und Gewicht verloren. Dem diplomatischen Kalender folgend, waren und sind die Schwerpunkte gleichsam planbar wie ergebnislos. Nikolaus Streubers Nachfolger wusste bemerkenswert treffend, Papiere zu formulieren, die wenig Konkretes und viel Diplomatisches enthielten. Heute ist sich Jakob Einfinger sicher, fügt sich vieles zu einem Bild, dass seinen Wünschen mehr entsprach, als es dem Thema guttat. Seit Jahren kann er sich über hochkarätige Einladungen erfreuen. Er hat das Erbe einer Ikone der Diplomatie angetreten und gelangte dabei selbst über Nacht zu formalen Weihen; er avancierte zu einem gern gesehenen Gast hinter Rednerpulten und an Podien im In- und Ausland und seine Einschätzungen waren ein willkommener

Gegenentwurf zur Tristesse der Arbeitswelt. Die in seinen Auftritten immer wieder zu findende Leichtigkeit und der sprühende Witz speisten sich aus der zunehmenden Unwichtigkeit seiner administrativen Heimat, das vereinnahmende Wesen vor Publikum sprudelt aus der Befreiung von jeglichen Obliegenheiten. Jakob Einfinger war dem ausgiebigen Studium von Literatur jeglichen Genres verfallen und kann sich heute als einer der letzten Universalgelehrten im Auswärtigen Amt bezeichnen, der nicht nur sattelfest in allen protokollarischen Belangen ist, sondern der unendlich viele Anekdoten aus dem Internationalen zum Besten zu geben weiß und dabei die große Welt ganz schnell greifbar werden lässt. Was anfangs nur Parteischulen und Gymnasien interessierte, erweiterte sich schnell hin zu Universitäten und erfährt heute von den höchsten Instanzen notwendige Wertschätzung: den formalen und streng getakteten Parteigremien.

Nahezu niemand wagte es mehr, ihm die Anerkennung für seine Leistungen vorzuenthalten, auch wenn er sie selbst nie so gesehen hat. Seine brillante Ausdrucksweise öffnete ihm Türen zu den spannendsten Ereignissen und seine Wortgewandtheit machte ihn zu einem soliden Gast. Niemand ist zu Tisch, am Parkett oder in der Loge lieber gesehen als ein in sich ruhender Diplomat, der es versteht, Geschichten kurz, das Zuhören interessiert und die Reaktion charmant zu gestalten.

Nur wenige Monate nach der Einführung des neuen Botschafters wurde die politische Unverbindlichkeit Programm. Das Jahrzehnt war abgeschlossen und anscheinend auch der internationale Werdegang der österreichischen Spitze bei den Vereinten Nationen. Die Ruhe in der Ständigen Vertretung von Österreich konnte nicht stärker von der Untätigkeit der Mitarbeiter konterkariert werden. Niemand schien diplomatische Aufgaben zu erhalten, sodass die Beobachtung der Situation zur meditativen Ablenkung wurde. Jakob Einfinger zog sich immer öfter in sein Büro zurück; inzwischen – als sichtbare Erneuerung – machte eine internationale Telefonleitung in sein Büro sogar die wöchentlichen Exkurse in ein Besprechungszimmer überflüssig.

Als die sechste Runde eines Wahlversuches für die Besetzung des Generalsekretärs ohne Ergebnis zu Ende ging, übermannte Jakob Einfinger das Gefühl, den blauen Umschlag öffnen zu müssen. Er entschuldigte sich am Empfang und hastete in seine Wohnung, wohlwissend wo sich das Dokument befinden würde. Endlich angekommen, die Tür hinter sich verschließend, wollte er keine Zeit mehr verschwenden, ganz so, als ob er das Dokument gerade eben in seine Hände bekommen hätte. Nun war es ihm schleierhaft, wie er so lange hatte warten können.

Die Karteikarte mit den eindringlichen Worten fiel zu Boden und blieb von ihm unbeachtet, sofort griff er sich den Stapel Papiere und begann zu lesen. Das schemenhafte Emblem hatte er damals richtig erkannt, die Dokumente hatte die CIA zusammengestellt und sie lagen nun in schlechter Kopie in seinen Händen. Ein Dossier des amtierenden Generalsekretärs der Vereinten Nationen offenbarte Fakten, die Nikolaus Streuber paraphrasierte. Eine dunkle, kompromittierende Vergangenheit kam zum Vorschein. Jakob Einfinger wusste umgehend um die Brisanz der Informationen, aber mehr noch um die Last, die auf ihm nun ruhte.

In den folgenden Tagen – beim neunten Wahlversuch für einen neuen Vorsitzenden der Vereinten Nationen – wählte er die ihm schon allzu vertraute Nummer, nach kurzem Warten meldete sich in Wien die ihm bekannte Stimme. Jakob Einfinger zögerte, sich erneut an Streuber erinnernd, und erklärte in prägnanten Worten, dass der amtierende Generalsekretär eine nationalsozialistische Vergangenheit habe. Eine erdrückende Stille breitete sich aus, bevor der Genosse aus Wien sagte, dass sich dadurch eine dritte Amtszeit wohl erübrige. Nach kurzem Dank unmissverständlich klar gemacht, dass weitere Recherchen nicht mehr notwendig seien und Stillschweigen bewahrt werden solle. Und schon war die Leitung tot.

Jakob Einfinger erlebte nun, wie sein Stress abnahm und sich langsam ein Wohlsein einstellte. Er war sowohl froh über den gewählten Zeitpunkt als auch über die gelieferten Informationen. Er senkte den Blick, dachte an das Geschwätz der vielen Kollegen in der Zweiundvierzigsten Straße, in dem das Wort „gay" unwirklich, jedenfalls unpassend in seine Augen stach. Langsam umfassten seine Hände das Papier, um es endgültig zu erdrücken.

In der Tat kam es zu keiner dritten Amtszeit und ein neuer Name, der des neuen Generalsekretärs, schmückte nun die Generalversammlung der Vereinten Nationen. Ob seine Leistung dazu beitrug, bezweifelte Jakob Einfinger, jedoch wusste er, dass die Wirkungsmacht der Informationen nicht ausgeschöpft war.

Aufgrund seiner vielen Erfahrungen bei den Vereinten Nationen und der zunehmend häufigen politischen Wechsel in der österreichischen Politik veranlasste Jakob Einfingers Freund Michael die Dienstzuweisung des Attachés in das Kulturforum von New York – ein Glücksmoment. Ohne Gespräche, doch wissend um die Wertschätzung, wurde damit Sicherheit und Klarheit für die noch zu bestreitenden Arbeitsjahre geschaffen. Ob es sich um eine Vorsichtsmaßnahme oder die ehrliche Anerkennung seiner Loyalität handelte, blieb unklar. Dadurch, dass er aus dem diplomatischen Dienst austrat, jedoch weiterhin im höheren auswärtigen Dienst blieb, wurde nicht nur der alten Politstrategie der persönlichen Kanäle eine Absage erteilt, sondern auch dem Format Jakob Einfingers Rechnung getragen. Sein Ansehen blieb hoch, die Aufgaben überschaubar, die Gefahr für persönliche Angriffe minimiert und damit der Weg in die Zukunft offen, selbst in politisch schlechten Zeiten solide und bescheiden weiterwirken zu können. Die formale Umsiedlung gelang spielend, kannten sich doch die wenigen höheren Staatsdiener Österreichs. Man schätzte sich, war höflich und zurückhaltend; schließlich suchten gerade jüngere Kollegen jeglicher Couleur nach Profilierungsmöglichkeiten und die wollte man ihnen keinesfalls durch ungeschickte Aussagen oder Handlungen bieten. Die Kultur der Diplomatie hatte sich verändert und Jakob Einfinger erkannte, wie er zum Vertreter eines alten Systems avancierte. Nun nahm man seine Worte als schwerwiegender wahr, er spürte die Stille, wenn er einen Raum betrat, und die Anreden seiner Person klangen plötzlich elaborierter. Gleichsam jedoch waren viele Vertreter eines jungen Systems ambitionierter bei der eigenen Karriere und doch um einiges nachlässiger in der Sache.

Das globale Dorf und seine Krisen forderte erstmals einen Tribut. Bilder hungernder Kinder oder die Folter von Kriegsgefangenen waren zwar nun diplomatische Tatsache, aber kein Grund für eine politische Mobilisation. Am stärksten war die Veränderung an den wöchentlichen Telefongesprächen spürbar: Sie wurden eingestellt. Das letzte Gespräch in den Räumen der Ständigen Vertretung Österreichs bei den Vereinten Nationen wurde zum Ende einer Ära. Nach kurzer, hastiger Begrüßung Jakob Einfingers wurde die Leitung unvermittelt weiterverbunden und der Kanzler persönlich nahm sich eine Minute, um Dank zu sagen. Seine Stimme klang angeschlagen, erschöpft, aber gleichsam — wie in den Medien oft vernommen — stark im Willen. Die Idee, eine Frage zu stellen oder eine Anmerkung zu wagen, ergab sich bei Jakob Einfinger erst gar nicht, man versicherte sich der Solidarität und erwiderte die Dankbarkeit. Schon bald war nicht nur die legendäre Nummer inaktiv, sondern auch so einige seiner Ansprechpartner, denen er freundschaftlich verbunden war. Der große Kanzler wich einem politischen Landschaftsgemälde und mit ihm die vielen beruhigenden wie verschmierenden Farbschattierungen.

In der Ferne erscheinen Schwalben am Himmel, die voller Leichtigkeit zwischen den Häusern durchschwingen. Das Auge nimmt den einzelnen Vogel nicht wahr, den Schwarm hingegen schon. Jakob Einfinger wendet sich von der Sonne ab und weiß genau in diesem Moment um sein Glück. Um das unfassbare Glück. Sein Glück. Sein Leben.

16. Kapitel

Eine Rauchschwade Dope umgibt die Straßenbesetzer. Bekannte Süße mit herber Note, die zerfließt, ohne den Herkunftsort preiszugeben. Jakob Einfinger zieht den Duft genussvoll in die Nase. Er schwelgt in der schweren Süße und dem feinerdigen Harz. Da nimmt eine auf der Straße zerstampfte Taube seinen Blick in Beschlag. Klebrig und platt; lediglich einige Federn können durch den Wind noch zu einem Hin und Her bewogen werden. Doch auch das vermag dem Wesen nichts Lebendiges mehr zu verleihen.

Ruth und sein Sohn verschwanden bereits in den ersten Jahren nach seiner Scheidung beinahe vollkommen aus seiner Wirklichkeit in New York. Niemand wollte es so, dennoch war es passiert. Die Telefonate wurden seltener, die Urlaube in New York heißblütig versprochen, doch niemals umgesetzt. Selbst die Briefe seines Sohnes nahmen an ohnehin nie sonderlich spürbarer Herzenswärme ab, lebte der doch sein Leben, wie es ein jeder Junge in Wien tat. Ein Vater in New York spielte da keine große Rolle. Auch später sollte sich daran nichts ändern. Was er erfahren durfte, wurde von der vom Alter gezeichneten Stimme seiner Eltern übermittelt, die mit den Jahren die Freude am Enkelkind nie verloren hatten, doch sehr wohl den eigenen Sohn als fremd empfanden. Keineswegs war es eine bedrückende Stimmung in diesen Jahren, lediglich herrschte Klarheit in der Familie – auch bei Jakob Einfinger –, dass er nicht mehr der Teil werden würde, den man sich erhofft hatte. Und so verschoben sich anfangs die Besuche unmerklich, um schließlich eingestellt zu werden. Seine obligatorischen Anrufe bei der eigenen Familie wurden kürzer sowie der Kontakt zu vielen Familienmitgliedern eingeschränkt, bis er endgültig einschlief. Das Leben des einen hatte mit dem Leben der anderen nur mehr wenig gemein. Selbst die großen Ereignisse seines Sohnes erfüllten Jakob Einfinger anfänglich mit Schwermut und fühlten sich am Ende sogar fremd an. Ruth konnte sich wunderbar in der Museenlandschaft etablieren, wenn auch die große Karriere ausblieb. Der Sohn entwickelte sich dem österreichischen Zyklus folgend: von der Erstkommunion, Firmung, Adelung durch die Matura. Beide Großeltern waren stolz, egal wie katholisch oder gar liberal die Umstände ausfielen. Das Zeremoniell war von Begegnung und Liebe getragen. Beides konnte Jakob Einfinger nicht beitragen; beides wollte er unter diesen Umständen nicht beitragen. Und so vergingen die Jahre und der Individualist wurde größer, während der Sohn, Freund und Vater kleiner wurde.

Die ausgedehnten Besuche avancierten zu Stückvisiten und Anrufe zu Billetts.

Jakob Einfinger lässt sich schnell aufsaugen in eine graue Wolke, um den Gedanken an die Vergangenheit zu entfliehen, er läuft in eine weitere Häuserschlucht. Die Hitze des Sommers wandelt sich regelmäßig zum unerbittlichen Winter. Die Veränderung der Stadt wird zur Konstanten, die eigene Bewegung Teil der Masse. Ihre Bewohner formen sich zu jenen, die meinen, zu wissen, was es zu wissen gäbe. Ihre Wichtigkeit, geografisch zugesprochen, institutionell verankert und mit Leidenschaft verteidigt. Jakob Einfinger fügt sich in das Bild, ohne Widerstand, ohne Anker.

Nach nur wenigen Jahren schließlich gab Jakob Einfinger seine Wohnung auf, den Ort der Erinnerung an seine Familie und die bis dahin lebendige Chance auf eine erneute Familiengründung. Er beschließt, in dieser Stadt – im Zentrum der mondänen Welt – einen Ort zu finden, der nur ihm gehören würde und nur seinen Zwecken unterworfen werden sollte. Im Greenwich Village gelang es ihm, ein kleines Refugium für deutsche Literatur und weltpolitische Gewandtheit aufzubauen und damit das symbolische Erbe

Nikolaus Streubers, der ihm so viel an intellektueller Weitsicht vermittelt hatte, anzutreten. Seither darf er eine dekadente Kleinwohnung sein Eigen nennen, mit der er sich endlich das Zuhause schuf, das ihm als Mensch am nächsten kam. Jakob Einfinger kreierte mit seiner Wohnung einen Dreh- und Angelpunkt der Ruhe und Beschaulichkeit, einen Rückzugsort für sich, den fortwährenden Enthusiasten, den interessierten und neugierigen Menschen, aber auch den Melancholiker.

Gleichsam sind die tapezierten Wände ein Schutz mit Sichtschlitzen, die all jenes fernzuhalten in der Lage sind, das ihn allzu schrecklich heimzusuchen versucht. Sein idealer Ort – ohne nahe Familie, mit engen Freundschaften und geringer Macht. Ein Anker, der ihm ermöglicht, dem Sog der Verantwortung zu entkommen. Das kleine Apartment hat zwar üppige Wohnräume, doch kein Gästezimmer; darüber hatte Jakob Einfinger damals nicht nachgedacht. Die ausladende Wohnküche und das verschwenderisch helle Schlafzimmer beeindrucken jeden Gast mit der Klarheit, dass ihn nichts zum Übernachten einlädt. Die Räume gehören einem Menschen, einem Mann und dessen Leben. Sie sind für ihn gemacht und für seine Wirklichkeit. Fotografien zeigen prominente Politiker der Vergangenheit und Gegenwart in feierlicher Stimmung. In kleinen Rahmen dazwischen werden Spuren der Familie sichtbar. Weine und Spirituosen reflektieren das Licht, um einzelne Bücher in den geordneten Regalen hervorzuheben.

Eine breite und dichte Wolke wirft ihren Schatten über Manhattan; dunkel und zäh verschlingt sie jegliches Licht. Als hätte es niemals eine Sonne gegeben, zischt der Wind mit energischem Gewicht zwischen den Fassaden hindurch, erfasst Bäume, Menschen und Tiere. Blätter, Zeitungen und sogar lose abgelegte Pullover werden erfasst und meterweit durch die Luft gewirbelt. Soeben hat das Antlitz der Stadt seine Freundlichkeit verloren. Wer seine Habseligkeiten, Dokumente und Papiere nicht zu greifen in der Lage ist, muss zusehen, wie sie verwehen – und mit ihnen die Freude auf die Tageszeitung. Sie werden in den lärmenden Straßenverkehr geschleudert. Ein halbgefüllter Kaffeebecher kippt um und überschüttet eine Dame mit schrill buntem Kleid mit brauner Flüssigkeit. Sie schreit auf, dem folgt ihr Wutausbruch. Noch in derselben Sekunde werden die trockenen Laubreste, letzte Zeugnisse des heißen Sommers, in die Lüfte gehoben und den Menschen ins Gesicht geworfen. Sie reiben sich die Augen, vielen gelingt dies nur schwerlich, da Taschen wie Mobiltelefone nur wenig Bewegungsfreiheit zulassen. Ein fürchterlicher Gestank abgestandenen Wassers und tiefliegender Fäulnis breitet sich mit überraschender Geschwindigkeit aus. Kein unbekannter Gestank, doch ein seltener und meist nur kurz währender. Nun schwebt er in menschliche Höhen, selbst ein Abwenden bringt keine Erleichterung.

Wenige Jahre nach seinem einzigen Telefonat mit einem amtierenden Bundeskanzler der Republik Österreich lösten viele Details, die der blaue Umschlag barg, eine Krise der Innen- und Außenpolitik aus. Der Mief der Vergangenheit stand in den Straßen Wiens, wobei dem Versuch grotesker Deutungen mehr Zeit gewidmet wurde als der ernstgemeinten Diskussion. Jakob Einfingers politische Heimat geriet in Bedrängnis, nicht wegen des Vorsitzwechsels, sondern wegen seiner Melancholie. Nicht nur die braunen, auch die roten Geister der Vergangenheit plagten die Politik. Sowohl das Beharren und Zögern als auch das Abwägen und Spekulieren machten am Ende beide Großparteien zu Verlierern.

Der nun im Kulturforum dienende Attaché Jakob Einfinger war froh, nicht mehr gebraucht zu werden. Beinahe symbolisch vermied er es, bei dem ehemaligen Vertrauten in der Ständigen Vertretung der Vereinten Nationen in New York anzurufen, lediglich die Neugier meldete sich mit schnell zu entlarvender Begierde nach der Sensation. Schon bald wurde ohnehin jeder Beitrag überflüssig, stellte doch der unabhängige Journalismus Österreichs sein solides Handwerk unter Beweis. Insgeheim war Jakob Einfinger froh, Wissender, Zuspieler, aber nicht Gesandter geworden zu sein. Vielleicht gab es in der Tat niemanden mehr in Wien, dem er als informelle Informationsquelle ein Begriff war, eventuell wurde er wahrhaftig als Diplomat aus einer alten Zeit gesehen. Sein Lebenslauf war längst vergilbt und wahrscheinlich in die gesperrten parteiinternen Archive der Löwelstrasse überführt worden, zwar würde er bei Namensrecherchen im Bundeskanzleramt Irritationen hervorrufen, jedoch niemals Konsequenzen nach sich ziehen. Denn manche Freunde an inzwischen immer besser werdenden Verwaltungsstellen gab es dann doch, die seinen Leumund bezeugen würden. Auch wenn sich die politischen Zeiten ändern, einen radikalen Bruch bestehender Klientelpolitik hielt Jakob Einfinger für unwahrscheinlich.

Jakob Einfinger verlangsamt sowohl seinen Gang als auch seine Gedanken. Schwermut breitet sich aus. Die Welt, wie sie Jakob Einfinger als Attaché kennengelernt hat, gibt es nicht mehr. Der

Traum von einer besseren Welt, den er mitgeträumt hat, ohne seinen Lebensstandard zu verlieren, ist nicht mehr erlebbar.

Viele Momente nach der Scheidung, in der neuen Wohnung und schließlich am Kulturforum werden zur fließend schäbigen Masse, unmöglich die Fetzen von Dinnerpartys und Empfängen voneinander zu trennen. Die Gesichter wandeln sich zu Fratzen, die humoristischen Anekdoten zu inhaltlosem Geschwätz, die eigene Wichtigkeit zur dekadenten Selbstdarstellung. Jakob Einfinger friert und zweifelt plötzlich an allem, das ihm zeitlebens so wichtig erschien. Ist das eigene Glück schon nicht mehr wahr? Ist er noch Teil dieser Welt? Ist er vielleicht nur noch diese platte Idee von New York? Diese Fragen im Kopf überraschen ihn. Niemals zuvor hat sich Jakob Einfinger einer kritischen Betrachtung unterzogen. Fortwährend war er der Fremde in beiden Welten, nur in seiner Welt ist er sich selbst bekannt. In Wien ist er Kosmopolit, in New York ein Mann des Alten Kontinents. Da wie dort ist die Wahrheit richtig und doch eine Lüge ihrer selbst. Er ist erschienen und verschwunden, nur sein Eindruck ist immer geblieben.

Hat er doch mehr Schuld als alle anderen, dass die Zukunft, die Gegenwart nicht besser geworden ist?

Obwohl ihm das Gute so nahesteht, ist ihm die Tragödie nicht fremd. Die Angst vor der Knappheit, das Leben im Luxus, die Ambivalenz der Gleichzeitigkeit überschatten sein Gemüt und seine Gedanken. Allzu oft hat er schon versucht, das eigene Glück in die Welt von heute zu ordnen. Allzu oft gelang es ihm nicht. Wurde es ihm zu leicht gemacht? Hat er sich selbst zu dogmatisch dem Lebensglück verschrieben und die Last des Seins zu Ungunsten anderer geschmiedet? Ein mulmiges Gefühl bildet sich in der Magengrube, ähnlich dem Gefühl nach einem schweren, üppigen Essen. Der Genussmensch Jakob Einfinger fühlt sich übersättigt, voll, müde. Der sonst so leichtfüßige Mann von Welt fühlt in diesem Moment ein Unwohlsein wie nie zuvor. Das Gefühl umklammert seinen Hals, das Atmen fällt schwerer. Sein Glück als Ausdruck seines Egozentrismus lässt ihm einen Schauer über die Gurgel den Rücken entlanglaufen. Er bleibt stehen, still und demonstrativ, aber unbemerkt, ungesehen von seinem Umfeld. Ein Umfeld von Fremden, denen er unbekannt ist, für die sein Leben unfassbar bleibt. Menschen, die mit Sorgen und Ängsten ihren Verpflichtungen nachkommen, um jenen Menschen aus Graz zu vergessen, der seit Jahrzehnten mitten in Manhattan sorglos lebt, und dessen gesegnete Leichtigkeit sie nicht erahnen können.

Die Wolken verdecken nun die Sonne. Jakob Einfinger grübelt: „Was wäre, wenn ich niemals die Sonne gesehen hätte? Was wäre, wenn sich Glück durch Verpflichtung begründet? Was wäre, wenn dem Einen immer das Andere innewohnt und Freiheit eine Verpflichtung bedingt?" Gern hätte er diese Fragen als jahreszeitlich bedingte Melancholie beiseitegeschoben, doch es gelingt ihm nicht.

Während die Ausbuchtungen der Wolken größer werden und den Kampf um die Dominanz am Himmel zu gewinnen scheinen, kreisen die Gedanken Jakob Einfingers in notorischer Besessenheit und verweigern den vom Alter gezeichneten Beamten die ersehnte Gleichgültigkeit.

Der streckt den Kopf zum Himmel, senkt ihn, dann erkennt er die bedrohliche Nähe zur 52. Straße. Nur wenige Abbiegungen und er wäre an seiner Wirkungsstätte vorbeigeschlendert. Nun kann Jakob Einfinger den Ort bequem binnen weniger Minuten erreichen, und sich dort – so wie er es die letzten Jahrzehnte getan hatte – dem Korrespondieren, Lesen, dem Alltag widmen. All das voller Neugier, die er sich glücklicherweise erhalten hat. „Es wäre wieder so einfach", denkt er sich, „wie so oft, so einfach, wie immer."

Jakob Einfinger nimmt ein fahles Gefühl, das sich vom Magen über den Hals und den Rücken in seinen Kopf vorgearbeitet hat, im Mund als bitteren Geschmack wahr – vielleicht eine tranige Übersättigung nach all den Gedanken. Es scheint, so seine plötzliche Erkenntnis, von allem zu viel gewesen zu sein: Menschen, Chancen, Sicherheit, Geld, Möglichkeiten. Alles und allem.

Jakob wird Mensch. Unvorbereitet, ungeplant und unanständig.

17. Kapitel

Niemals zuvor waren die Anstrengung und Anspannung über die Verhältnisse der österreichischen Innenpolitik so kräftezehrend gewesen wie damals. Jakob Einfinger wusste, dass die Karriereambitionen des ehemaligen Generalsekretärs und damit dessen verborgene Vergangenheit nicht mehr lange unter der Wasseroberfläche dümpeln würden. Zu sehr wohnte dem Mann eine Kraft inne, die Jakob Einfinger selbst zu fehlen schien: das Streben nach allumfassender Macht. Der Hunger nach ewiger Unentbehrlichkeit.

Die Monate verflogen, das Leben drehte sich um Champagnerschalen und deren Inhalt. Man begnügte sich damit, mit der aufstrebenden Wirtschaft mitzuwachsen, man analysierte weder die eigenen Anteile, noch hinterfragte man die um sich greifende Lethargie. Wer zu viel Engagement hatte, fand sich mit wenig Kapital, aber umso mehr Eifer an der Börse wieder. Für jene, die in finanziell komfortabler Situation dem Kapitalismus abschworen, waren plötzlich Reisen in entfernte Gebiete der Welt eine beliebte Beschäftigung. Jakob Einfinger fand sich hingegen weder in der einen noch in der anderen Selbstbeschäftigung wieder, lenkte sich jedoch rundum mit gesellschaftlichen Anlässen, die aus fortwährend langweiligen

Erzählungen bestanden, ab. Zu dem Zeitpunkt kümmerten ihn weder die diplomatischen Verpflichtungen noch der Zeitgeist einer höheren Gesellschaft. Schon bald erwies sich diese situative Starre als äußerst hilfreich, um mit ausreichender Energie den aufziehenden Wolken zu entfliehen.

Wenn Jakob Einfinger etwas verabscheut, so sind es Wahlkämpfe. Dies war nicht immer so, es entwickelte sich über Jahrzehnte und manifestierte sich in den Vereinigten Staaten schrittweise zu einem starken Gefühl der Ablehnung. Einerseits wird vielen Themen nur unzureichend viel Aufmerksamkeit entgegengebracht, die eine dringende Fokussierung benötigen, andererseits wird dem Entertainment viel zu viel Raum gegeben. Beide Entwicklungen machen eine fundierte Debatte unmöglich, ist sich Jakob Einfinger sicher. Er folgt seinen Gedanken, während sein Blick den Boden entlangwandert, um dort bald einen Fetzen Tageszeitung zu sehen, auf dem sich die journalistische Aufmerksamkeit auf das Privatleben einer Politikerin richtet. Fotos und fette Überschriften sollen das inhaltslose Geschwätz überdecken. Die verknitterte Seite verschlingt glücklicherweise Namen und Gesicht der Person, beides bleibt unerkennbar.

Der Präsidentschaftswahlkampf in Österreich wurde schon bald zu einem medialen Ereignis mit weltpolitischem Ausmaß. Jakob Einfinger erkannte die Geister und wusste, dass ein Wahlkampf mit Nervosität die schlimmste Form der politischen Auseinandersetzung ist. Die gefährliche Nervosität war selbst in weiter Entfernung gut spürbar.

Mit dem Ständigen Vertreter Österreichs bei den Vereinten Nationen stand der dem Kulturforum zugewiesene Jakob Einfinger zu keinem Zeitpunkt in einem persönlichen oder gar nachhaltig professionellen Verhältnis, sodass jede Kontaktaufnahme als Warnung empfunden werden musste. Eines Morgens wurde die Drohung wahr, als im Kulturforum die Nachricht auflag, man möge sich doch beim Botschafter melden. Jakob Einfinger kam dem in gebührender Zeit nach, um in einem einminütigem Telefongespräch zu erfahren, dass jegliche Intervention in diesem Wahlkampf als grobe Verfehlung der Dienstpflichten verstanden werde. Es gehe darum, das Vertrauen der Allgemeinheit in die sachliche Wahrnehmung der dienstlichen Aufgaben zu erhalten. Weder war Zeit noch Möglichkeit, auf die groteske Klarstellung zu reagieren, zu deutlich war die Botschaft, dass ein Widerstand nicht sinnvoll wäre. Der Attaché Jakob Einfinger war als gefährliche Informationsquelle lokalisiert worden und seine Verbindungen, die ihn nachhaltig schützten, deuteten so manche zu inadäquaten Kanälen um. Dem Gespräch gab es nichts hinzuzufügen, jegliche Erklärung wäre eine Rechtfertigung und jede Gegenfrage ein vermeintliches Indiz. Noch nie zuvor fühlte sich Jakob Einfinger so unter Druck. Und es blieb nicht bei einem Anruf.

Schon wenige Tage später kamen Anfragen von Journalisten und von Kollegen aus New York, die ihn persönlich sprechen wollten. Alle Anfragen klangen zwar unverbindlich freundlich, doch die Neugierde – vor allem die Gier – war spürbar. Jakob Einfinger besann sich auf die wenigen Freunde, denen er uneingeschränkt vertrauen konnte; er wollte sich ein Bild von der Situation machen. Schnell dämmerte es ihm, dass im Wahlkampf tief geschürft wurde und dies braune Erde zum Vorschein bringen würde. Das Interesse war enorm und beschränkte sich keinesfalls auf Österreich. Gleichsam sprachen seine Vertrauten in Wien, nicht ohne die gute alte Zeit zu beschwören, die anscheinend ein Ende gefunden hatte. Wenig überraschend waren die Wiener Kreise nicht an Informationen interessiert, man folgte der entfesselten Presse, teils mit Wohlgenuss, teils in Schockstarre. In dieser Krise blieb bei so viel Klarheit als Strategie nur das stille Ausharren.

Das zerknitterte Zeitungsblatt liegt vertrocknet auf dem Asphalt, von Passanten niedergetreten. Schrift wie Bilder sind in Schwarzweiß zu schemenhaften Figuren gewandelt, die einem Rorschachtest gleichkommen. Jakob Einfinger bleibt über dem Blatt Papier stehen, ohne es mit seinen perfekt glänzenden Schuhen zu berühren. Die Symmetrie der Zeichen, die Harmonie der Bilder und die Gesamtkomposition des Schriftstücks erscheinen wie ein Kunstwerk. Das Gesamte tritt als Form in den Vordergrund und lässt das Inhaltliche in den Hintergrund rücken. Jakob Einfingers Blick weidet sich an den Schemen, nicht an der Information. Als läge ein Gemälde am Boden, führt er die Begutachtung ungeachtet der vorbeihastenden Menschen fort.

Das Ausharren lag Jakob Einfinger nicht, vor allem deswegen, weil weder Grund noch Dauer klar erschienen. Die Situation hatte die Kraft einer ansteckenden Verzweiflung, je intensiver sich die Themen in der Öffentlichkeit darstellten. Ab und an gelang es ihm, sich zu beruhigen, wäre er doch weder ergiebiger Informant noch brabbelnder Wichtigmacher gewesen. Dann wieder kam ihm, dass die Weitergabe von Information schon so manchen zum Opfer erklärt hatte. Beide Erklärungen missfielen Jakob Einfinger, weswegen der Moment der Ruhe nur allzu kurz anhielt. Mehrmals täglich versuchte er regelmäßig an Informationen zu kommen, dezent, ohne jemanden zu behelligen. Doch vieles blieb den Tageszeitungen als Neuigkeit für alle vorbehalten. Somit sog Jakob Einfinger akribisch jede mediale Darstellung auf, las sie mehrfach und untersuchte sie auf Andeutungen. Bei seinen wenigen Zusammentreffen in der Öffentlichkeit oder bei Partys konnte der sonst so galante Jakob Einfinger nur mit Mühe seine Unruhe verbergen, besonders dann, wenn Anwesende Details zur Causa wissen konnten. Er selbst verfing sich pausenlos in Widersprüchen und seine so geschätzten Anekdoten waren durch Brüche in der Erzählung gekennzeichnet. Schon bald wurde er aus dem Zentrum der Aufmerksamkeit das Beiblatt der Speisekarte – gesehen und doch nicht wahrgenommen.

Seine Verbissenheit hielt weit länger an, als es bei allgemeinem Interesse der Fall gewesen wäre. Die Berichte wurden weniger, auch Gespräche darüber wurden nur noch halbherzig geführt. Jakob Einfinger konnte es anfangs gar nicht glauben, meinte darin eine Täuschung zu sehen, doch bald musste auch er erkennen, dass jedes Thema in der fruchtigen Reife verfault. Sobald der Karren der

Justiz sich in Bewegung gesetzt hatte, waren nur noch wenige an trockenen Details interessiert, die unter der Hand doch viel spannender gewesen waren. Das kleine Österreich wandelte sich trotz des weltpolitischen Mannes wieder zu einem Ort der Seligen und profilierte sich erneut für die globalen Mächte zu einem Synonym für Mehlspeise und klassische Musik. Jakob Einfinger wusste um die juristischen Schritte, doch genauso ahnte er, dass es sich um einen Kampf ohne Gegner und um eine Auseinandersetzung ohne Schauplatz handeln würde. Mit dieser Vermutung ging es ihm zunehmend besser. Aus Tagen wurden Wochen und aus den Wochen Monate: nichts. Weder waren Gespräche gefordert, noch wurde ein dringliches Telegramm zugestellt. Zu keinem Zeitpunkt fand sich das Wort wieder, nach dem Jakob Einfinger so detailverliebt Ausschau gehalten hatte. Niemals offenbarte sich während des Skandals, was alle hätten wissen müssen. Das Nichterwähnte beschäftigte ihn mehr als das Erwähnte. Ihm kam die Auseinandersetzung wie eine Inszenierung vor, in der die Protagonisten genauso feststanden wie die Themen und die Schauplätze. Zurufe aus dem Publikum wurden nur aufgenommen, wenn sie der Handlung entsprachen, auf einen Applaus stellte man sich generell nicht ein.

Jakob Einfinger spürt eine Enge um den Hals. Seinen Blick nach unten gerichtet, muss er nun den Kopf heben, um sein Gleichgewicht zu halten. Die Zeitung am Boden kann ihm nichts Neues offenbaren, genauso wenig liefert sie ihm die Aufklärung der damaligen Vorgänge. Genau das wäre jetzt sein Wunsch. Breitbeinig ein Blatt Papier schützend, dessen Wert niemandem – nicht mal ihm – schützenswert erscheint, weiß er um seine damalige Krise. Er hatte im geringsten Widerstand gelebt, hatte nicht nur den Beruf, sondern auch das Private dem Diktum der Einfachheit unterworfen. „Was für ihn, gilt auch für mich", spuckt Jakob Einfinger heraus. Seine Erinnerungen und Fantasien kehren zurück.

Plötzlich und ohne Grund verließ zur Zeit der innenpolitischen Entspannung Jakob Einfinger seine Wohnung. Zwar war die Wahl noch nicht geschlagen, aber die Ergebnisse zeichneten sich ab. Wie so oft konnten feinfühlige Beobachter eine zuverlässige Einschätzung darüber abgeben, was schon bald als Ergebnis feststehen würde. Am Ende war es doch auch Emotion, die für den Sieg verantwortlich gezeichnet werden konnte.

Jakob Einfinger war im Taumel, es doch wieder geschafft zu haben, sein Leben in der Bequemlichkeit abzusichern. Unerwartet und zielstrebig wie nie zuvor schreitet er auf die 28. Straße zu, im Bewusstsein der kollektiven Nichterwähnung. Nach einigen Minuten des schnellen Schrittes steht der nun erleichterte und doch angespannte Jakob Einfinger vor dem Gebäude, dessen Existenz ihm so lange vertraut war, dem Everard. Das schäbige Äußere kann zwar den vormaligen Brand kaschieren, doch eine glanzvolle Wiederauferstehung sieht anders aus. Selbst der Geruch in der Straße hat etwas Klebriges. Die Tür schwingt auf, ein Mann mittleren Alters verlässt hastig das Etablissement. Noch bevor die Tür ins Schloss fallen kann, greift eine Hand dazwischen, erneut ergreift eine Gestalt die Flucht aus dem schwummrigen Licht. Der Mann ist jung, südländischer Teint, weiße Zähne und ein gestählter Körper. Shirt und Hose sind enganliegend und an manchen Stellen noch feucht. Die Erscheinung wirkt aufreizend, der junge Mann spielt mit der Erotik der Männlichkeit, um genau eine solche Männlichkeit anzuziehen. Selbstsicher und mit wenig Hast verlässt er den Ort, den Jakob Einfinger gern betreten will, aber ihn hat der Mut verlassen. Seine Nervosität wird unerträglich, Angst übermannt ihn. Er wird das Badehaus nicht betreten, er kann es nicht.

Wieder versuchen sich Menschen in seine Aufmerksamkeit zu drängen. Analytisch seine Gedanken rezipierend weiß Jakob Einfinger eine treffende Kritik an sich selbst zu formulieren. Als stände sie in der Zeitung geschrieben.

In seiner Studienzeit war die Sexualität wunderbarer Genuss, er blieb in bestehenden Bahnen, nahm keine weiteren Risiken auf sich. Die Scheidung aber war keine Befreiung, sondern eine weitere Erstarrung. Die fügliche Karriere nahm im Windschatten großer Denker Fahrt auf, ohne jemals hinter dem Bug hervorgekommen zu sein, und die gesellschaftliche Anerkennung brachte die letzte Portion Anpassung. Das Glück mag gnädig gewesen sein, das Scheitern im Studium, eine dreckige Scheidung, die Rückbeorderung nach Wien und ein sexuelles Erkennen mit vielen Gefahren blieben aus, doch das Übriggebliebene – das Leben – schien für diese Gnade nicht auszureichen.

18. Kapitel

„Was tun, wenn alles gelingt? Wenn nichts schiefgegangen ist? Wenn man einfach mehr Glück als heute irgendein Mensch gehabt hat? Wie viel Gutes darf man für ein Leben beanspruchen, sich erwarten und wünschen oder gar verlangen? Wann ist genug?" Die Fragen wollen ihm nicht aus dem Kopf gehen.

Der fürstlich entlohnte Staatsbedienstete sieht die Unterschiede immer mehrdimensional. Josef Einfinger gehörte immer dem alten System an, war immer der potenten Nachkriegszeit in Österreich verpflichtet. Daher waren Unterschiede immer schon Teil seiner Wahrnehmung von Menschen. Zwar kann er dieser Realität nur widerwillig zustimmen, aber die Tatsache lässt sich weder verschweigen noch ignorieren. Eklatante Unterschiede zwischen Menschen bestehen, jederzeit und allerorts. Nun lebt der Attaché seit vielen Jahren in *dem* zentralen Kristallisationspunkt dieser Erkenntnis, in einer Blase der alten Welt, in einer Welt von gestern, und resümiert Relikte der Vergangenheit. Die Unterschiede sind weitreichender, größer und bestimmender geworden, sie erfassten selbst jene, denen man dies niemals wünschen wollte. Es wird schlechter, ist sich Jakob Einfinger sicher.

Der sonnengeschwängerte Wind spielt mit den Ästen eines Baumes. Blätter fallen herab. Blütenstaub bedeckt die Straße und wird im Spiel des Windes an einem Punkt zusammengetragen. Ohne System konzentrieren sich die Reste der Natur auf nur wenige Zentimeter Beton und Zivilisation. Weder ist das Fleckchen besonders flach noch durch eine Senke begünstigt; nichts spricht für diesen Ort auf dem Gehsteig und dennoch scheinen kleine Windströmungen diesen Mikrokosmos unaufhörlich umspülen zu wollen. Immer wieder werden Blattreste vom Boden gehoben, Elemente hinzugefügt und Bestehendes neu zusammengewürfelt. Dies alles auf engstem Raum. Der Beobachter staunt mit kindlicher Naivität, so viel System und doch so wenig Nachvollziehbarkeit.

Seit Jahren kommen Studierende und Abgänger österreichischer Universitäten in sein New York, um entweder die Theorie nun endlich mit der Praxis zu verbinden oder schlicht ihr Glück in einer Stadt voller Mythen zu versuchen. Sie lieben, erleben und erleiden New York. Viele verlieren und nur wenige gewinnen das Ersehnte. Der Sturm an Möglichkeiten wirft sie alle in einen Pott, aus dem der Zufall nur gleichgültig und spärlich die Glücklichen zu ziehen gewillt ist. Niemand von diesen jungen Leuten darf für sich ähnliche Voraussetzungen in Anspruch nehmen, wie sie einst für Jakob Einfinger gegolten hatten. Die jungen Kräfte haben zu funktionieren, Chancenlosigkeit als Herausforderung zu begreifen und solide Vorausplanung zu Flexibilität zu verdammen. Niemand darf wohlige Sicherheit einplanen, schon gar nicht, wenn der Einsatz ihr Wunsch nach Selbstverwirklichung ist.

Jakob Einfinger weiß darum seit Jahren. Er sieht die Wirklichkeit; zum Teil spielt er mit ihr. Seine Gewandtheit, das Hofieren seiner Person und das Nachwirken der wohltemperierten Worte haben Spuren hinterlassen. Das Erlebte und Erreichte als Verdienst für erbrachte Leistungen zu verstehen ist nur die halbe Wahrheit, doch die einzig mitteilbare.

Jeder ist ein Kind seiner Zeit. Das politische Kind weiß dies als Gunst des Schicksals zu würdigen, nämlich, in der besten Zeit Kind gewesen zu sein. Weder ist dies seinem Profil noch seiner Expertise zu verdanken. Es waren die Chancen seiner Zeit, die aus ihm das machten, was er heute ist. Chancen, die er für sich und sein Verständnis von einem guten Leben einzusetzen wusste. Die Befreiung aus Konventionen und die Flucht zu stabiler Freiheit. Die Sorglosigkeit um das Gehabte, die Delegation von Verantwortung und die Möglichkeit, nicht allen und allem entsprechen zu müssen.

Alle fügen sich in ein Mosaik, in dem Freundschaften zeitlebens sein Wirken und Sein unterstützt haben. Doch lässt sich daraus ein Vorwurf formulieren? Ist dies nicht die eigentliche Gnade der Geburt? Darf man sich selbst als überflüssig, lächerlich, sogar anachronistisch empfinden? Ist das System nicht auch ein System, das sein Ende bestimmt? Hätte es nicht viele Gelegenheiten gegeben, bei denen ein Ausstieg Pflicht gewesen wäre?

Jakob Einfinger fesselt sich an seine selbstkritischen Gedanken.

Inzwischen erfassen ihn die vom Gehsteig herbeihechtenden Menschen. Sie tragen ihn weiter, einmal mit der Schulter, dann dem Bein oder der Hüfte. Er fügt sich, ohne Widerstand. Er hält nicht dagegen, er will nicht dagegenhalten müssen. Er will sich für das Stehen nicht rechtfertigen müssen. Und plötzlich, in dem Moment, erfasst ihn eine Klarheit: Er betritt das Büro heute nicht mehr. Nie mehr. Er hat eine Entscheidung getroffen.

Sein perfekt sitzender Anzug schmeichelt ihm. Auch die Hose passt. Und das Alter zeigt sich ihm gegenüber gnädig. Sein Lachen entzückt die ihm Entgegenkommenden. Eine junge Dame lächelt zurück. Sie weiß nicht, warum, es passiert ihr einfach. Jeder darf entscheiden. Jeder darf sich für oder gegen eine Sache entscheiden, für oder gegen ein Lächeln. Und jeder ist Teil eines Ganzen. Jakob Einfinger ist sich sicher, als Mensch viel Glück gehabt zu haben, zu viel sogar. Grund und Grund genug, sich treiben zu lassen. Einen Punkt zu setzen.

Dem immer stärker werdenden Druck zum Vorwärtskommen erliegend drängen viele Passanten ihn weiter. Die Sonne kommt zum Vorschein. Sie wärmt. Sie lässt das Schöne erstrahlen. „Menschen sind doch wunderbar. Sie haben alle viel mehr verdient." Den Gesichtern wird ein atemberaubender Glanz entlockt, ganz so, als ob alle Menschen etwas Schönes in sich trügen. Weder Alter noch Kleidung, Aussehen oder Form begründen einen Unterschied in der Wahrnehmung. Plötzlich wird das Drängen erneut stärker und eiliger, die Schritte werden hörbar hastig, die Bewegungen stoßend flink, die Einzelnen im Ganzen verschwimmen amorph. Jakob Einfinger ist endgültig in dem schicksalsreichen New York angelangt, in Begegnung und Liebe.

Heute geht Jakob also nicht mehr zur Arbeit. Er wird dort nicht mehr erscheinen.

19. Kapitel

Die Abendsonne streicht über den Central Park wie eine seidene Robe, die über den Boden gezogen wird. Der Moment wirkt sogar auf jene beruhigend, die unruhig sind. Jene Stunde des Tages ist angebrochen, in der man gern aufsieht, sich streckt. Auch wenn noch einiges an Arbeit wartet, so kommt einem doch in den Sinn, dass dies nun das Ende des Tages sein dürfte. Die letzten Sonnenstrahlen greifen nach der Stadt, zuerst über die Dächer hinweg und dann schon bald zwischen den Häuserfluchten hindurch. Der goldene Glanz wird von den unzähligen Fenstern der Stadt gespiegelt, ganz so, als würde ein erweckendes Gebet wiederholt. Harmonisch bewegen sich die goldenen Schwingungen hin und her, sodass jeder dazwischen sich nur wohlig fühlen kann.

Die Grand Dame zeigt sich nun doch gnädig gegenüber ihren Gästen, ganz ohne ein Begehren. Als wären die Vorhänge zur Seite gezogen worden, um das üppige Licht des Morgens nach einer rauschenden Nacht in den Speisesaal zu bitten. Das Schimmern der Gläser und die leuchtenden Gesichter lassen bei den einen die schwerfällige Übersättigung, bei den anderen den beißenden Hunger vergessen. Gäste und Dienstboden verharren in Schweigen, gänzlich bei sich, die anderen nicht wahrnehmend. Die natürliche Wärme lindert jegliches Unwohlsein und offenbart sogleich das Ende eines ereignisreichen Abends. Obwohl die Krümmel am Tisch, die vielen leeren und halbleeren Gläser, die mitgenommenen Gesichter – schlicht das Ausmaß der Feierlichkeit – ersichtlich sind, nimmt man dies mit der Ruhe wahr, es doch genussvoll überstanden zu haben. Einzig die Gastgeberin an diesem verschwenderischen Ort wirkt unberührt und frei von Müdigkeit. Noch immer eine Champagnerschale in der einen Hand ist sie die Einzige, die dem Sonnenaufgang und dem neuen Tag zuprostet. Die Grand Dame hat erneut einen fabelhaften Abend gestaltet, ohne jene zu enttäuschen, die gewillt waren, nicht enttäuscht zu werden. Und somit sitzen und stehen die Gäste an diesem Ort, teilweise mit zerfetzten Kleidern und frei von Bargeld, doch mit goldenem Sonnenschein im Gesicht, zufrieden mit dem Erlebten.

Wer sich in den Avenues befindet, darf dieses abendliche Wunder miterleben. Wie Sonnenanbeter verlangsamen die Menschen ihre Schritte, sprechen gediegener, lächeln sich selbst und anderen zu. Die Hast wirkt verändert, ebenso das Elend. Schmuck und Eleganz, Schönheit und Vitalität verblassen im goldenen Schein des Sonnenlichts. Das wahre Sein der Menschen tritt unabhängig ihres vielfältigen Hintergrundes in den Vordergrund. Ganz egalitär wird jeder mit Wärme überzogen und sein Kern freigelegt.

Kollektive Müdigkeit ist zu verspüren, der Tag ist schon weit vorangeschritten, sodass dem Abend die Bühne eingeräumt werden kann. Sobald das Licht am Horizont verschwunden ist, werden Menschen ausgelassen trinken, speisen, miteinander sein. Den Tag – ihr Leben – werden sie dann vergessen oder feiern wollen. Altes reflektieren, Neues planen. In all den Tragödien und Glanzmomenten bleibt das Unaufgeregte unsichtbar, nicht erwähnenswert. Es entfließt den Erinnerungen und vergeht in der Masse an menschlichen Begegnungen. Fast so, als wäre man nie gewesen.